FÉIGUELE

y otras mujeres

Diseño: ZkySky
Diagramación: Silvana Caro

1ª edición 1976
Ediciones de la Flor

2º edición 2002
Cecilia Absatz
ISBN Nº 987-43-4786-4
Libro de Edición Argentina.

This edition published by arrangement with
the Author through stockcero.com

For information address:
stockcero. com
Viamonte 1592 C1055ABD
Buenos Aires Argentina
54 11 4372 9322

stockcero@stockcero. com

Cecilia Absatz

FÉIGUELE
y otras mujeres

FÉIGUELE

1.

Me llamo Féiguele y soy muy gorda. Tengo catorce años, y aunque ustedes se rían, conozco bastante del dolor del mundo. Como la mayoría de la gente cuando tiene catorce años. Vengo de la escuela, y esas muecas que ustedes me pescaron haciendo son mis intentos –cada vez más logrados, por otra parte– de aprender a silbar. Mi hermano silba muy bien. Siempre silba "Susurrando" y yo para el cumpleaños le regalé ese disco por Les Paul y Mary Ford, que a él le gusta, porque lo cantan y lo tocan con setenta mil guitarras. Nora también sabe silbar, le enseñó el padre que está preso en Caseros. Yo creía que solamente los ladrones estaban presos, pero el padre de Nora me parece que es comunista.

Yo no le pregunté nada a Nora, me hago como si entendiera todo. Sé que no es ladrón porque a Nora no le da vergüenza que el padre esté preso. Medio al contrario.

Cuando nos hicimos amigas con Nora (Nora es mi compañera de banco) ella me decía que me tenía miedo porque yo siempre hablaba sin equivocarme de las cosas más difíciles y porque discutía siempre con los profesores. Yo le confesé que en realidad yo tenía mucho miedo y que siempre hablaba muy fuerte para que la gente no tuviera tiempo de reírse de mí por lo gorda que soy. A lo mejor por eso ella no se rió. Fue la única que no se rió cuando la señorita Pagliamini me dijo eso.

Bueno, pero ustedes no saben nada, por qué trataba de hacerme la distraída y aprendiendo a silbar mientras volvía a casa, porque lo que estaba tratando era de no ponerme a llorar a gritos.

Porque siempre me pongo a llorar, por cualquier cosa.

¿Qué me dijo la señorita Pagliamini? Que era una gorda de mierda. Eso me dijo. Bueno, en realidad yo la puse nerviosa, porque la empecé a joder con esos problemas matemáticos del uno y del cero y no sé cómo fuimos a parar a los juicios objetivos y los juicios subjetivos.

Voy a tratar de contarlo prolijamente –en realidad no es muy importante–. Pero igual me dio una vergüenza terrible. –Ya me estoy distrayendo otra vez. La señorita Pagliamini es mi profesora de matemáticas. Una loca. Pero una loca de verdad, eh. Si vieran cómo viene vestida, se matarían de risa. A mí me divertía, igual que a todas las chicas.

Pero me da mucha bronca su ignorancia. La impunidad con que dice cualquier disparate, ya van a ver. Y siempre discuto con ella. No lo puedo remediar. Siempre estoy discutiendo con todo el mundo.

Hablábamos de los juicios.

–Los juicios, mis queridas niñas, se dividen en juicios objetivos y juicios subjetivos. ¿Está claro? La Matemática se basa exclusivamente en juicios objetivos.

Se darán cuenta a qué me refería antes.

–Si yo afirmo que las paralelas no se tocan más que en el infinito, estoy haciendo una afirmación objetiva. ¿Ahora me entendió, m'hijita? (Esto iba para mí). Es necesario que tengan esto claro si quieren aprender matemáticas.

Yo estaba de pie al final de todo –nos sentamos en el último banco con Nora para escuchar la radio, hacer crucigramas, esas cosas –y no daba por terminado el asunto. Ardía de indignación.

–¿Y cómo hace usted... –la señorita Pagliamini me miraba como atontada. Sentía tan fuerte la mirada de las chicas sobre mí que me encontré apoyada contra la pared del fondo, como aplastada por la incredulidad de toda la clase.

Nadie hacía preguntas en la hora de la señorita Pagliamini. Nadie siquiera prestaba atención, ni falta que hacía.

Que yo prestara atención y hasta me propusiera hacer preguntas no sólo no era necesario: era –como se verá– francamente inconveniente. –¿Y cómo hace usted –decía– para determinar cuándo un juicio deja de ser objetivo para pasar a ser subjetivo? Quiero decir, ¿hay algún criterio categórico que los separe?

–Bueno, m'hijita. Hay cosas que son objetivas sin discusión –el sombrero de plumas anaranjadas (sí, leyeron bien, de plumas anaranjadas) se le movía en una danza espástica, mientras ella recurría al abominable método de ejemplificar en lugar de conceptualizar–. Yo la veo a usted ahí parada, y no podría decir si usted es una buena o mala persona. Eso sería un juicio subjetivo. Pero hay algo bien objetivo: que usted es terriblemente gorda.

Como les decía, la única que no se rió –además de mí, claro– fue Nora.

Sí, se mataron de risa. Pero a la hora siguiente hubo prueba escrita, y ahí son todas reamigas. Esa es mi única popularidad en el colegio: la prueba escrita. Esa dura afrenta a las alumnas. Como cuando a uno lo agarra un coche. Como cuando a uno le salen granitos justo cuando tiene una fiesta. Un revés para todos los cálculos de probabilidades que uno hace para elegir qué día estudiar. Un revés sangriento y arbitrario.

Yo no estoy de ninguna manera exenta de estas catástrofes, pero a mí no me va tan mal. Siempre sé por lo menos algo –de puro escuchar y leer, no vayan a creer–. No recuerdo haber estudiado demasiado nunca; pero tengo buena memoria y también tengo lo que todos llaman Una Información General Desusada Para Mi Edad.

Y como todas saben que nunca me saco un uno, ni siquiera en prueba escrita, todas me piden que les sople. Y yo soplo. Pero hoy tenía tanta rabia de cómo se rieron que hubiera querido no soplarles nada y que se arreglen. Pero más que nada lo que me dio fue vergüenza, porque se iban a dar cuenta de que estaba ofendida porque se rieron. Así que les soplé igual. Y ahora voy a silbarles una bonita canción que lleva por título "Desde el alma".

Mi vida es muy aburrida. Muy desdichada y muy aburrida. De lunes a viernes voy al colegio. Después del colegio hago los deberes. A veces apenas me queda tiempo para ir a jugar con Luisito. Además ya me aburre un poco Luisito. Y el sábado y el domingo nunca tengo donde ir. El sábado todavía, total mañana es domingo. Pero el domingo, tanto esperar el fin de semana, y finalmente el domingo la paso peor. Todo parece estar desierto los domingos, todo parece recordarle a uno que está solo en el mundo. Pero mejor no empiezo ahora a hablar del domingo porque nos ponemos a llorar todos. En resumen, que cuando me quiero acordar, ya es lunes y todo es la misma mierda.

Ustedes dirán, ¿y ni una alegría? No señor. Ni una alegría. La que les estoy contando es una historia muy triste.

Me llamo Féiguele, eso ya les dije. Soy la cuarta y última hija de una familia que no conoce los métodos anticonceptivos.

Esta es una manera fina de decir que ni mi mamá ni mi papá nos prestaban la menor atención, en el sentido de querernos, digo, y yo supongo que eso pasa cuando los hijos le caen a uno como peludo de regalo. Yo estoy segura de que así le caímos los cuatro a mi mamá.

Mi papá no sé si se enteró en general de que le caímos.

Salvo con Gustavo, claro.

Clara es la mayor. Ella me cuidó y éramos bastante amigas antes, cuando yo era chica. Me llevaba al cine. Después se puso de novia y se casó.

Quedamos nosotros tres: Gustavo, Raquel y yo.

Raquel es como casi todas las hermanas del medio, la que no tiene ninguna aparición estelar, pobre. No es la mayor, ni la menor, ni la única mujer. Pero se las rebusca muy bien, ya se van a dar cuenta.

Y Gustavo y yo no sé cómo somos, pero tenemos mucho que ver.

Somos muy amigos. Nunca hablamos, en realidad, pero no hace falta, porque entendemos todo. Él tiene una novia que se llama Marita. Les decía que nos entendemos todo sin hablar, lo que se dice un código. El otro día, por ejemplo, el sábado al mediodía, estábamos todos comiendo. Cuando digo todos, me refiero a nosotros cinco, porque Clara, como ya les dije, se casó. Todo hay que explicarlo cien veces. Bueno. Estamos todos almorzando cuando veo que Gustavo mira la hora, y me mira. Yo lo miro y entiendo todo: me está diciendo, andá despacito sin que el viejo se avive, a poner la radio. Ya está por empezar Calle Corrientes.

Me levanto como al descuido y prendo la radio, despacito.

Papá come detrás del diario, apurado como siempre, a pesar de que no tiene ningún apuro. De vez en cuando le mascula a mamá cosas en idish con la boca llena. Como para entender. Pero ella parece que le entiende. Ellos también tienen un código.

–¡Uy, Calle Corrientes! A ver, poné más fuerte...

Otra vez la estúpida lo arruina todo. La estúpida quién va a ser sino Raquel, que está fuera de todos los códigos y siempre lo está arruinando todo.

¿Por qué digo que lo arruina todo? Fíjense en lo que pasa ahora.

Mi papá levanta una oreja por encima del diario y dice, a ver che, ¿no está la hora idishe ahora?

Claro, papá, claro que está la hora idishe ahora, y a todos nos encanta escuchar la hora idishe. Nos morimos por escuchar la hora idishe.

Entonces voy y cambio y todos nos tenemos que

aguantar a esas rusas que cantan a los gritos, mientras algún viejo lagrimea.

No mi viejo precisamente. Él hace una semana que se olvidó de la hora idishe y sigue enterrado dentro del diario.

Del diario idishe, por supuesto.

Viva Israel.

¿Qué les estaba contando? Ah, sí, de mi código con Gustavo. Bien raro. Porque mientras suceden cosas como la que les conté recién, pasan otras cosas. Como que casi nunca nos miramos, no nos tocamos, ni nos besamos ni nada. Él se hace el canchero conmigo pero a mí no me importa porque yo sé. Aunque nunca se lo conté a nadie. A él le pregunté una vez pero se hizo el boludo. Che, ¿vos te metiste en mi cama anoche? ¿Yo? ¿Sos loca vos? Para qué me iba a meter en tu cama yo, debe haber sido Raquel. Sí, Juan, debe haber sido Raquel. Pero yo sé. Aunque nunca se lo conté a nadie. Pero qué lindo fue cuando se metió en mi cama. No se asusten que no pasó nada. Fue lindo, nada más. Se metió, yo estaba de espaldas y él me abrazó por atrás, por la cintura y ese calorcito fue tan lindo, era como si me gritara todo el cuerpo, o mejor dicho, como si estuviera a punto de gritar, qué sé yo, fue lindo. Me abrazaba y yo me hacía la dormida, quietita, tenía miedo de moverme porque a ver si se iba, y entonces estuvo un ratito así y se fue, y yo nunca se lo conté a nadie.

Hoy ya es sábado otra vez y estamos todos reunidos para almorzar, otra vez.

Raquel charlotea con mi mamá del tipo que la va a venir a buscar y de lo que se va a poner. La estúpida no sabe hablar de otra cosa. Y mi mamá la quiere, eso es seguro. Siempre hace la cama cuando Blanca no está, y se acuerda de los nombres de todas las visitas, y cuelga sus vestidos. ¿Se dan cuenta? ¡Cuelga sus vestidos! Y mi mamá la quiere por eso.

Pensándolo bien, no es tan estúpida Raquel.

–Gustavo, ¿qué vas a hacer esta noche?

Siempre hace como si no me oyera.

–Che, papá, ¿me prestás el auto esta noche?

En realidad le está avisando que esta noche se va a llevar el auto. Papá gruñe. En el fondo le gusta que Gustavo (¿le gusta que Gustavo?) se haga el matón. Pensará, qué hijo macho que tengo.

–Che, Gustavo, te pregunté qué hacés esta noche.

–No sé, iremos a dar una vuelta con Marita. ¿Vos tenés algo que hacer?

–No.

–Bueno, conseguite un tipo y venite.

–Si tuviera un tipo no te preguntaría qué hacés a vos.

–Decime –le pregunta a Raquel, señalándome con su pulgar más despectivo –¿siempre está de mal humor, ésta?

Y así se gesta uno de mis famosos sábados a la noche que, prepárense todos a ver cuánto me divierto.

Vamos a Palermo, a la bahía de Olivos, a un guindado a comer –sin bajar del auto– sandwiches de lomo, el mío con morrones. Y un vaso de vino.

Ah, cómo me pone a mí un vasito de vino. Me pone fantásticamente bien. Tan bien que casi me da vergüenza. Dios mío, si se notara lo que me está pasando. Tomo un traguito de vino y cada gota pesada y marrón se convierte en un hombrecito, y un ejército de hombrecitos me

empieza a caminar por dentro, a pegar trompa-
ditas en las mejillas (que por eso se me ponen
tan coloradas), dan vueltas carnero dentro del
vientre y hacen patinaje sobre hielo con fanta-
sías por los muslos.
Los hombrecitos hacen de las suyas, se suben a la
cabeza y ahí se la pasan echando pompas de ja-
bón. Todo me empieza a dar vueltas. Tengo tantas
ganas de reírme de nada que me empiezo a asustar
y decido tomar cartas en el asunto. Decido ignorar
a los hombrecitos. Hacer como que no están.
Y me encuentro hablando:
–A veces me pregunto, quién está mejor, si Blanca
o yo. Ella no tiene que estudiar, pero tampoco tiene tres meses de vacaciones. ¿Por qué ese tormen-
to, el colegio? ¿Eh? ¿Vamos a tomar un helado?
Gustavo adelantó su espalda hacia el volante y
limpió con el dorso de la mano el vidrio empa-
ñado del parabrisas.
–Sí –dijo –podríamos ir a ese lugar donde hacen
helados con sacarina...
–Andá a la mierda –contesté con tono casual.
–Gustavo... –reprendió tiernamente Marita. Marita siempre intercede por mí. Qué buena es Marita. Qué sería de mí sin ella–... no seas malo.
–Hace frío para tomar helados –dijo Gustavo.
–Tomar un helado no tiene nada que ver con el
frío que haga.
–Eso es cierto –dijo Marita. Pero esto lo dijo en
serio, porque a Marita los helados le gustan tanto como a mí. No sé cómo mierda hace para ser
tan flaca.
–No –dijo Gustavo, y como manejaba él, no fuimos.
–Mi profesora de historia –dije después de un
rato de silencio. Me pone nerviosa el silencio–
es también profesora de psicología, pero sabe de

eso como yo de las costumbres indostanas. El otro día le pregunté cómo se llama ese fenómeno que vos vivís algo que te parece ya haberlo vivido o soñado alguna vez, viste, lo que le pasa al idiota antes de cada ataque epiléptico.

–¿A qué idiota? –pregunta Gustavo un poco alarmado.

–Al de Dostoievski.

–Uy, sonamos.

–Dale, ese fenómeno, bueno. Pensó un ratito y dijo, escuchá bien, "se llama Ilusión de Falso Reconocimiento". Me pareció medio raro el nombre, muy largo, ¿no? Entonces lo busqué en el Diccionario de Psicología de Clara y no está ni en ilusión, ni en falso ni en reconocimiento. Para mí que lo inventó el nombre, ¿no te parece?

–Che, Feiguele, mirá qué linda está la noche. ¿Por qué no te callás un poco y la disfrutamos en paz?

Hubiera querido putearlo, pero en cambio me aposté a mí misma que no encontraba una luz violeta reflejada en un charquito. Naturalmente perdí.

Sí, el colegio es la fuente de todas las calamidades. Allí quedás librado a tu suerte y de nada vale que tu hermano sea grande y fume.

Todo está mal. Cómo te peinás, cómo te sentás y cómo caminás.

Todo el mundo te gritonea, las celadoras se creen las reinas del país y los profesores parecen un castigo de Dios. O un campeonato de ignorantes.

Gracias al cielo que hoy hay francés. Porque en honor a la verdad, las clases de francés son lo mejor que tiene el colegio. Y la señorita Jeannette es la mejor profesora que existe. Por empezar, es muy hermosa. Tiene cara de india bella mezcla de diosa y pantera. Tiene el pelo más largo que uno se pueda imaginar, con el que se hace rodetes rarísimos. Prometió que un día se va a hacer uno en clase. A cada costado de la frente le nacen dos franjas de pelo completamente blanco. Algo que Raquel trata de hacerse con un polvito plateado que se compró y que le queda como un cambalache, pero que en Jeannette es como mágico. (Son canas de verdad.) Usa las polleras más arriba de las rodillas. Dice que en París se usa así. Las brujas la miran escandalizadas (las brujas son las otras profesoras), pero todas las chicas la adoramos. La verdad es que en Francés hacemos cualquier cosa (ella nos pide que no contemos nada): nos maquillamos, escuchamos la radio (bajito, se entiende), charlamos con ella de cualquier cosa, le pedimos que nos cuente de sus viajes a París.

Nos cuenta de París y nos habla de Rimbaud, pero cuando le preguntamos si tiene novio sonríe misteriosa y no contesta.

Yo podría quedarme horas mirándola.

Alicia Zadán recita en el frente un largo poema de Eluard, que aprendió sin que nadie se lo pidiera, en un heroico arranque de amor al francés. O de amor a Jeannette, por qué no, si ella se deja adorar por nosotras como si tal cosa.

Nora está resolviendo un crucigrama y yo me bato el pelo frente al espejito de la polvera.

–¿Por qué te peinás para adentro y no para afuera, como todo el mundo? –me pregunta.

–Esto se llama batirse el pelo, inculta.

–Qué raras son las mujeres.

–Y vos qué sos, ¿un sapo?

Jeannette pide que moderemos las risas.

–Nombre de cada uno de los cuadros del ajedrez.

–Nora levanta sus azorados ojos celestes hacia mí.

¿Cuadrados del ajedrez?

–Se llaman "Escaque".

–Fijate vos. Yo no sabía que tenían un nombre. ¿Escaque así como suena?

–Ayer fui a Caseros a visitar a mi papá. Ca... que... Justo.

–¿Cómo está? –pregunto tímidamente. Me da mucha timidez cuando Nora habla de su padre.

–Muy bien. Edita un diario con otros compañeros, estudia, qué sé yo. Dice que en la cárcel es el único lugar donde se puede hacer tranquilo una reunión política sin peligro de que te lleven preso, ¿no es genial?

A mí me parece que yo me hago más problema que Nora porque su padre está en la cárcel.

–¿Y Florencio cómo está? –Florencio es el caballo de Nora. Nora tiene caballos, perros, conejos, tortugas, patos, que sé yo. Le encantan los animales. Me pregunto si vive en el campo o algo así, porque no a cualquiera le cabe un caballo en su casa. ¿Cómo es que nunca se lo pregunté? Me parece que hablo demasiado.

–Florencio está bien. Ya se le curó la pata y está de buen humor otra vez.

–No entiendo por qué vas a estudiar odontología.

–Yo tampoco.

–¿Y entonces?

–No sé, mi papá me lo sugirió. ¿Qué otra cosa podría seguir?

–Qué pregunta... ¡Veterinaria!

–¿Veterinaria? –repitió, y se quedó pensando con la mirada colgada en el aire.

Por fin el timbre de salida. Nora se va en subte, o

sea que se va para el otro lado. Yo me voy a esperar el 30. Estoy en la parada a la misma hora de siempre y subo al mismo 30 de siempre y viajo con las mismas chicas de siempre. Y nunca nos hacemos amigas. Ellas entre ellas sí, pero yo no. No sé por qué nunca me puedo hacer amiga. Los demás son siempre amigos desde antes cuando aparezco yo. Porque es lindo viajar con alguien, ¿no? Pero mejor, porque las chicas en el tranvía siempre hablan a los gritos y se la pasan haciendo papelones.

Dos cuadras desde el tranvía a casa. Siempre las mismas. Una miradita a los mecánicos del taller de enfrente. Silbidito y saludito de los mecánicos a una servidora, mirada de indiferente desdén por toda respuesta de la que suscribe. Si por lo menos me dieran la llave de casa, pero no. Me tienen que ver todos los días tocar el timbre y esperar que a Blanca se le dé la grandísima gana de venir a abrirme la puerta.

–Cuándo te darán la llave a vos –abre por fin.

–Como si me hubieras leído el pensamiento. ¿Está mi mamá?

–Claro que está. Todos los días está.

–Ya lo sé.

–Y entonces para qué preguntás.

Eso mismo me pregunto yo. Para qué quiero saber si está mi mamá, si ya sé que está.

–¿Cuándo comemos? –saludo.

–Cuando venga papá –me saludan.

Todo en casa es así de cordial. Yo por ejemplo, le pedí mil veces a mamá que le dijera a Blanca que no me despierte tan brutalmente como lo hace todos los días. ¿Saben cómo me despierta Blanca todos los días? Viene caminando bien fuerte, los que duermen que se jodan, y cuando pasa por mi pieza, prende la luz y sigue de largo. Eso es todo. El "buen día Féiguele ya son las seis y media levantate que tenés que ir al colegio dale no seas regalona que te estoy preparando un rico café con leche abajo en la cocina ah y abrigate porque hace frío" me lo tengo que decir yo misma. Y el café con leche, si no me quedo dormida, también me lo tengo que hacer yo misma.

¿No me tienen todos mucha lástima?

Mi mamá, no. No me tiene mucha lástima. O mejor dicho, se muere de miedo de decirle algo a Blanca. Blanca siempre anda de mal humor y a los rebuznos y siempre dice que se va a ir (hace años que lo dice) y mi mamá se lo sigue creyendo. Pero yo tengo tan mal humor como Blanca y entonces nuestras peleas son feroces. Cualquier tema es bueno para que peleemos:

–¿Te vas a colgar tu ropa, porque yo no estoy acá para colgarte la ropa a vos, me oíste?

O bien:

–¿Por qué mierda no me avisaste que me llamó Nora por teléfono?

O más simplemente:

–Cuándo adelgazarás un poco, vos.

Cualquiera sea el tema del día, el asunto se resuelve así:

–¡Gorda de mierda!

–¡Vieja puta!

–¡Más puta será tu abuela!

Nunca sé qué contestar a esto. Sobre todo cuando pienso en mi abuela, la bobe, que si ustedes la vieran, parece cualquier cosa menos puta, pobre. Pero en otros momentos nos llevamos bien. Con Blanca, digo. Por ejemplo los sábados a la noche, cuando no me entrego a las veladas de loca pasión y alegría con mi hermano y la novia, nos quedamos con Blanca escuchando el Radio Cine Lux. Nos sentamos las dos en el suelo, al lado del combinado que está en la sala, tomando mate y llorando. A mí el mate no me gusta, pero Blanca siempre dice que no le gusta tomar mate sola. Cuando yo era chica me enseñó a hacer moños y a enhebrar agujas (aunque nunca aprendí del todo a enhebrar agujas; lo intento: estiro el hilo con saliva, agarro la aguja, apunto y choco. Es invariable. Lo intento hasta que la punta del hilo es un colgajo sucio. Entonces, y antes de empezar a los gritos, le doy el hilo y la aguja a Blanca. Ella corta ese lastimoso pedacito con cierta expresión de asco, chupa el hilo una sola vez y del primer intento nomás lo mete dentro del ojo de la aguja, no importa cuán chiquito sea. Esta es una de las cosas que más admiro en Blanca).

A veces voy a su cuarto, en la terraza y la ayudo a planchar. Hay dos camas de bronce –que me gustan mucho más que la mía– y un ropero con tres puertas y un espejo en cada puerta.

Mientras yo plancho las cosas chicas, ella cose los botones de algún pantalón de Gustavo y me enseña letras de tangos.

Para ahogar hondas penas que tengo,
que me matan y que no se van...

En medio del olor a guardapolvo almidonado, yo los aprendo enseguida y terminamos las dos frente al espejo central, cabeza contra cabeza, cantando a los gritos y con dramáticos ademanes:

Pero amigos, ella me olvidó
y en el fino cristal de esta copa

21

me parece que veo la boca
que mil veces mi boca besó.

Blanca también me enseñó a tragar el humo,
aunque siempre que nos peleamos amenaza con
decirle a Gustavo que fumo.
–¿Qué hay de comer?
–Ya está la gorda preguntando –comenta Blanca.
–¿Por qué no te vas a la mierda?
–Aj, Féiguele... –concluye mi mamá.
Por supuesto, Féiguele. A Blanca se va animar a
decirle algo si es bruja.
–¿Qué hay de comer, *mamá*?
–Ñoquis.
–Uy, qué rico.
–Sí, nena, pero a vos no te conviene comer mucho.
Mejor cambio de tema porque cuando me dicen
esas cosas me dan ganas de romper algo.
–¿Y Raquel?
–Fue a hacer unas compras. En seguida viene.
–Qué se fue a comprar –pregunto mientras doy
vueltas por el comedor diario, mirando dentro
de todos los cajones y centros de mesa todas las
cositas que se juntan. No estoy buscando nada.
Solamente miro.
–Un tapado.
–¿Y yo? ¿Cuándo me van a comprar un tapado
a mí?
–Aj, nena.
Aj, nena. Es lo único que sabe decir.
–Me voy a mi pieza. Avisame cuando esté la comida.
Pero no alcanzo a salir del comedor cuando lle-
gan los dos. Caminan igual, tiran la llave del co-
che igual, dicen buenas igual y tienen entre los
dos la mayor cara de culo del mundo.
–Vamos a la mesa –dice mamá.

–¿Y Raquel? –vuelvo a preguntar.

–No importa, enseguida va a llegar.

–Tengo hambre –dice Gustavo aunque nadie le haya preguntado.

Mi papá se sienta a la cabecera de la mesa, sin sacarse la campera, y despliega el diario sobre platos y cubiertos. Vuelca un sifón y rompe un vaso.

–Aj...–dice mi mamá mientras recoge los pedazos. Tiene en la cara la misma expresión que cuando habla de la enfermedad de la bobe o del ghetto de Varsovia. Si ustedes vieron alguna vez de cerca a un judío saben a qué expresión me refiero. –Aj –sacudía la cabeza al descubrir un vidriecito rebelde debajo de un plato.

–Aj, kinder, se dice, ¿no? –la carga Gustavo. Mi mamá siempre está diciendo aj kinder.

–Si el vaso lo hubiera roto yo, ya me estarías gritando –digo yo (quién otro podría ser).

–"Todo lo que tocás rompés" –grita Gustavo haciéndose el ruso.

Nos reímos como locos.

–¡Buenas! Llego justo y estoy muerta de hambre.

–Llegó la alegría del hogar –digo yo.

–Papá –me ignora Raquel –me acabás de comprar un tapado precioso. Y le tira un beso a mi papá que apenas levanta la vista del diario y todavía no se enteró de que rompió un vaso.

Por fin entra Blanca con una fuente enorme de ñoquis. Mi mamá empieza a servir y sirve a todos y se olvida de servirme a mí.

Con voz más fuerte que la de Raquel que todavía no paró de contar cómo es el tapado digo:

–¿Y a mí?

–Uy, perdoname. No sé cómo se me pasó –dice mi mamá.

–No la vayan a dejar sin comidita a la nena...

23

–Gustavo, no hinches, –dice Raquel.

Mi mamá me sirve el plato que se acaba de servir para ella, que además tenía poco porque ella para ella siempre se sirve poco, aunque después se come todo lo que queda en los platos porque dice que es una lástima tirar.

–¿Gustavo, querés más? –dice mientras se sirve un nuevo plato para ella.

–No, todavía no.

Está sentado al lado mío, su espalda flaca y huesuda inclinada un poco hacia adelante, un poco hacia mí. Sostiene su tenedor como si fuera un instrumento de alta precisión. Lo deja suspendido encima de mi plato como un avión que está estudiando el terreno que va a bombardear. Y bombardea.

–¿Me das uno? ¿Me das otro? –me empieza a sacar ñoquis y los va acumulando dentro de su boca sin comerlos.

–¿Por qué no pedís más?

–No, si vos me vas a dar –con la boca llena, casi escupiendo los dos mil ñoquis que se metió en la boca –¿me das otro? quiero otro...

–Gustavo, largá –dice Raquel.

Gustavo no larga y entonces agarro todos los ñoquis que puedo en una mano y se los refriego por la cara, bien refregados.

–Tomá, nene, comé.

Me levanto tirando la silla para atrás y me voy llorando a gritos a la sala. A esperar.

Ya va a ver cuando venga. Pero no viene. Y lo peor es que yo sé que nadie va a venir, que soy yo la que va a volver, y lo peor de lo peor es que cuando vuelva, ellos van a pensar "ya se le pasó". Y vuelvo. Después de estar seis años llorando ahí como una estúpida, vuelvo. No quiero mirar a nadie. Y menos a Raquel, porque sé que ella me va a sonreír.

Se hace un silencio.

Papá levanta por fin la cabeza del diario y pregunta:–¿Qué pasa?

–Aj, kinder –suspira mi mamá.

Hoy fue el cumpleaños de Susy Villagra. Susy es una compañera de colegio. Todavía no hace fiestas con muchachos.

Le pedí plata a mi mamá para el regalo y me dijo que buscara algo que hubiera en la casa y que no gastase plata.

Yo le robo plata a mi papá, pero cuando está durmiendo. Le saco plata del bolsillo del pantalón. Pero justo hoy no durmió la siesta.

Otra posibilidad era no ir, pero pensé que se iban a dar cuenta de que no iba porque no tenía regalo.

Entonces me puse a buscar un libro mío más o menos limpito, que pueda pasar por nuevo y especialmente comprado para la ocasión. Encontré una edición bastante irreprochable de Demián casi en seguida, pero ahora todavía faltaba lo peor: envolverlo como para regalo.

Busqué la caja de moldes de Raquel, porque ella siempre tiene papel manteca por ahí. Encontré papel y lo envolví más o menos bien. Lo que no pude encontrar fue una cinta, así que no pude hacerle moño. Y el moño es fundamental en el paquete de un regalo. Casi diría que es todo. Así que, como no tenía moño, igual se notaba que el regalo era casero.

A Raquel le hubiera salido bárbaro, ella sabe todas esas cosas. Pero Raquel no estaba. Por suerte no estaba, porque también tenía que pensar en qué ponerme. Y para eso, nada mejor que el placard de Raquel.

Raquel tiene tanta ropa que no se pueden imaginar. Además de eso, tiene toda la ropa bien, siempre. Nunca tiene un cierre roto, una mancha, el dobladillo descosido. Mi ropa está siempre hecha una porquería. Yo le digo a mi mamá, si yo tuviera cinco polleras como Raquel, estarían todas limpitas. Pero tengo una sola, y entonces me la tengo que poner todos los días. Y la que tengo, ojo, era de Raquel.

Ah, porque eso sí, heredo toda la ropa de Raquel. Pero cuando está pasada de moda, o cuando le salió mal el arreglo que lo quiso hacer ella misma. Entonces sí, me regala con todo su amor el vestido que le quedó con una manga más larga que la otra.

Raquel antes también heredaba toda la ropa de Clara. Pero ahora que Clara se casó, le compran todo nuevo.

Bueno, entonces me fui a buscar qué ponerme. Encontré una preciosa pollera gris tableada, que no se arruga como la mía, y me la probé. Por supuesto la cintura no me cerraba porque Raquel es mucho más flaca que yo. Subí el cierre hasta donde pude y el resto quedó abierto. Para evitar que se bajara sujeté la perilla del cierre con un alfiler de gancho. Con el suéter encima no se notaría nada.

Pero cuando me miré al espejo vi que por un sencillo fenómeno geométrico (¿geométrico?) en el costado del cierre semiabierto, la pollera chingaba escandalosamente.

Subí el resto de la pollera alrededor de la cintura, de manera que el largo todo quedara parejo (en París las polleras se usan cortas).

Pero siempre quedaba la posibilidad de que se volviera a deslizar para abajo y se volviera a chingar. También controlé eso; me puse un cinturón encima para sujetar el invento y chau.

Este delicioso modelito se completó con el banlon turquesa de Raquel, que es importado, no como el mío que en seguida se me llenó de pelotitas. Comprobé que si cuidaba de no estirar el suéter demasiado para abajo, no se notaba nada del arreglo.

Entonces fue que descubrí con horror que la pollera tenía una enorme mancha oscura desparramada sobre las dos tablas del medio. (La mancha que le hice yo la última vez que me la puse.) (Raquel todavía no se dio cuenta.) No desesperé. Di vuelta toda la pollera de manera que la mancha quedó atrás.

La cartera en forma de sobre, el saquito –por si refresca– del conjunto de banlon y los guantes. Anoté mentalmente la dirección de Susy, agarré el regalo y salí. Ocho cuadras. Si tuviera plata me tomaría un taxi (yo viajo en taxi sola) pero como no tengo, tendré que ir caminando.

A mí me parece, ¿o ese impresionante Chrysler negro me está siguiendo a mí? No hay dudas. Ahora va despacio a la par mía. Si me habla no le hago caso. Yo no hablo con extraños, y además todos los vecinos me deben estar mirando.

El Chrysler se detuvo. Yo no quiero mirar. Pero miro aunque sea si están mirando los vecinos. No hay vecinos, es la siesta. ¿Me irán a raptar? A lo mejor me raptan y me violan.

–Permítame señorita... tengo interés en hablar con usted.

El hombre bajó del auto y camina a mi lado. En el auto debe haber quedado el que maneja.

27

–Retírese por favor.

–Entiendo que esto es un atrevimiento de mi parte, pero es muy importante para mí, y también puede serlo para usted.

Zás. La mamá de Luisito se asomó a la puerta. ¡Que no se dé cuenta!

–Lo siento mucho señor, pero si no se retira llamaré a un agente de policía.

–Permítame que le explique. Yo soy productor de cine. Estoy embarcado en la producción de una película, y hace meses que estoy buscando el rostro que necesito para la primera actriz. Y ese rostro es el suyo. ¿Se da cuenta? La vi de casualidad y no puedo correr el riesgo de no encontrarla luego. Le ruego que me conteste. ¿Le gustaría ser la primera actriz de mi película?

–Pero señor, yo soy muy gorda para ser actriz...

–Justamente. La película es la historia de una chica gorda que es muy desdichada, pero que luego adelgaza muchos kilos y se convierte en una mujer muy hermosa...

–¿Y quién va a hacer el papel de la protagonista cuando adelgazó?

–¡Usted misma! Filmaremos primero la primera parte y luego la haremos adelgazar. La enviaremos a un famoso instituto en Suiza donde adelgazará todo lo necesario sin sufrimiento alguno, y entonces filmaremos el final de la película. Es usted muy bella de cara, ¿nunca se lo habían dicho?

La puta si me lo dijeron. Qué lástima que estás tan gordita, porque de cara sos linda.

Subimos al auto y que los vecinos piensen lo que quieran, total.

El productor me pone al tanto de los detalles. Pregunto quién será mi galán (porque cuando ella adelgaza y es hermosa, se enamora de ella un galán, que en realidad la amaba de gorda, pero ella por amor adelgaza igual) y el galán era nada menos que Sergio Renán. Nos vamos en el auto directamente a la oficina del productor y ahí estaba él. Me lo presentan y por la forma en que me mira me doy cuenta de que acaba de caer perdidamente enamorado de mí. Siete ocho dos. Loyola siete ocho dos, es aquí.

Cuando toqué el timbre, Susy en persona me abrió la puerta. Estaba muy excitada y tenía puesto un vestido nuevo.

Le di el regalo y lo abrió. Dijo qué bárbaro pero estoy segura de que no le gusta nada Hermann Hesse, y que además se dio cuenta de que era usado.

En el patio formaban grupitos algunas chicas del colegio.

–Vení, pasá, dejá el saquito por acá.

Me hizo seguirla hasta la pieza que estaba al otro lado del patio. Tuve que atravesar el patio tras ella. Sentía la mancha ahora en la parte de atrás de mi pollera y me dolía como si fuera una quemadura sobre la piel. Estaba segura de que todos me miraban y se reían. Caminé tratando de no despegar las piernas, de no mover la pollera, de no estar viva.

Sobre un costado de la cama estaban los saquitos y las carteras de las otras chicas. Del lado de la cabecera, apoyados contra la almohada, estaban los regalos, todos prolijitos, arregladitos como en un negocio.

Un montón de cajitas de plástico con dos pañuelitos adentro doblados en diagonal, algunos con una florcita bordada. Un disco de Smith y sus pelirrojos, unos libros de la colección Robin Hood, relucientes sus tapas amarillas, todos demasiado para chicos, un par de guantes, un juego de damas, chinelitas bordadas y una combinación de nylon celeste que le regaló la abuela.

El libro mío parecía tan gris y tan ajado comparado con los otros... De pronto vi el papel con que lo traje envuelto. Parecía decir a gritos "Soy un pedazo de molde ¡Soy un pedazo de molde!" Lo arrugué todo hasta que pude esconderlo dentro de mi puño cerrado. Así lo guardé hasta que en un momento de distracción general, lo metí dentro de mi cartera.

Por fin, Susy me invita a pasar al patio, donde estaban todos. Había dos varones en total, el hermanito de Susy, un hinchapelotas, y un primo o algo así, que tenía trece años y usaba pantalones cortos. Las demás eran chicas del colegio. Que nos cruzábamos los brazos sobre la cintura sin saber qué hacer con nosotras mismas. Hablábamos del colegio. Los chicos jugaban a la pelota dentro del cuarto, hasta que vino la mamá de Susy y les gritó.

Entonces se pusieron a jugar al dinenti. Yo me moría de ganas de jugar, porque soy una campeona al dinenti –Luisito nunca me pudo ganar, a pesar de que él me enseñó– pero ninguna de las chicas parecía poner el menor interés en el asunto así que yo tampoco ni miraba.

Las chicas nos estábamos como tontas ahí. Algunas hacían girar su tronco de un lado a otro, como veletas trabadas. Otras se miraban con atención la punta de sus zapatos. Todas nos reíamos por cualquier cosa. Pensé en las fiestas de Raquel. Yo no sabía dónde meterme, siempre me pasa lo mismo. Cuando hay más de tres personas delante me siento completamente ridícula y me parece que todos se ríen de mí.

–¿Jugamos a algún juego? –por suerte, Susy se hacía cargo de la situación general.

–Sí, sí, ¿a qué podemos jugar?

–¡A la botellita! –gritó el hermano de Susy.

–¡Callate, guarango!

–No jueguen a nada que en seguida van a tomar el chocolate –gritó la mamá de Susy desde el comedor.

–Vayamos pensando en un juego para después de la leche.

–¡A la botellita! –insistió el nene.

Ja ja ja, nos reíamos las más cancheras.

¡A la mesa! Nos llamaron por fin.

Porque tomar la leche es la actividad más importante de las fiestas donde no hay muchachos, entre otras cosas, porque es la única.

Me hice la distraída, porque siempre me parece que cuando se trata de comer, todos me miran a mí. Finalmente, casi de las últimas, entré.

La mesa era la más grande que vi en mi vida (bueno, la del comedor principal de mi casa es más grande, pero casi nunca se usa), y tan llena de cosas que casi no se podía ver el color del mantel.

Qué rico, qué ricas cosas, comentaban las chicas. Y nos íbamos sentando. Yo trataba de no mirar especialmente a nada o nadie. Y mucho menos de elegir asiento. Así que no sé cómo, me encontré sentada en la cabecera, justo frente a Susy.

Detesto sentarme en las cabeceras.

Apagados los últimos ruidos de las últimas sillas y las últimas exclamaciones, nos quedamos todos en silencio total.

Era ese momento justo antes de empezar a comer que nadie sabe qué hacer ni a dónde mirar.

–¿Y? ¿Cuándo empezamos? –quién va a ser si no el hermanito.

31

–Le corresponde a la homenajeada –quién va a ser si no la mamá.

Susy se puso colorada. Sorpresivamente, se dirigió a mí:

–Feguele...

Yo también me puse toda colorada: –Féiguele, corregí.

–¿Cómo se llama? –preguntó el hermanito muerto de risa. Lo hubiera matado.

–Bueno, Feguele, no importa, te cedo el honor –y al resto de la mesa –¿yo creo que le corresponde a ella, no es cierto?

Las chicas, todas las chicas, y los primitos, y la mamá y la tía, y la concha de su hermana, todos, todos me miraron y se rieron. Se rieron jajajá, jajajá. Yo intenté también un jajajá, pero creo que me salió mal.

Tenía que contestar y me parecía que me faltaba la voz. Tosí un poquito y pude decir:

–No, gracias, no tengo ganas.

Y me quedé inmóvil. Tengo idea de que empezaron a comer. Tengo idea de que al final empezó el hermanito. Yo mientras miré la habitación, las manchas de humedad del techo, la foto de la Virgen de Luján, un cuadro con un paisaje de Bariloche. Qué casa tan pobre, al lado de la mía... Pero sin embargo, Susy tenía un vestido nuevo. En ese momento me di cuenta de que se lo había hecho la mamá. Seguramente como regalo de cumpleaños. Mi mamá no sabe coser.

Traté de no mirar las caras de nadie porque si alguien decía algo o sonreía o si el hermanito volvía a decir algo de mi nombre, me ponía a llorar seguro, y eso hubiera sido terrible.

Me quedé inmóvil y callada hasta que medio dejaron de comer y medio se empezaron a levantar.

Esperé también prudentemente, y como de las últimas me levanté.

Fui a la pieza de los regalos, agarré mi saquito y mi sobre, eché una última mirada al libro mío, y sin que nadie se diera cuenta, despacito, salí y me vine para casa. No comí ni un sándwich de miga. Nada.

Raquel hoy duerme fuera de casa. En casa no hay nadie. Hasta Blanca salió. Decido dormir en la pieza de Raquel, pero antes me voy a disfrazar. Me pinto con todas las cosas que tiene Raquel para pintarse, que son mucho mejores que las mías. Me pongo un vestido de fiesta que no me cierra, pero que de adelante me queda bárbaro. Me miro mucho rato al espejo.

Mucho rato.

Qué lástima que estás tan gordita, porque de cara sos linda.

Estoy en un club nocturno en El Cairo. Vicio y corrupción por doquier. Las mujeres oscuras ríen a carcajadas y se les suelta el bretel del vestido. Todas putas. Entro yo, que también soy puta pero porque me raptaron. Soy la única rubia. Mi cara irradia misterio. El joven egipcio me mira fijo y nuestras miradas se encuentran. Pero el viejo El Abner llega primero y me lleva del brazo. No puedo protestar porque es el mejor cliente de la casa. Es viejo, pelado y brilloso. En cuanto entramos a la pieza, se empieza a reír a carcajadas, pero carcajadas obscenas. Jejejé.

–Baila para mí, putita.

Me arranca el vestido de un tirón (sale fácil porque igual estaba abierto) y me quedo en bombacha.

Yo empiezo a bailar en bombacha hasta que me canso y me tiro en la cama dispuesta a lo peor y entonces fue que se me paralizó el corazón: la persiana está totalmente levantada, la cortina totalmente corrida y la luz totalmente encendida, y los setenta mil mecánicos del taller de enfrente que la puta que lo parió trabaja de noche seguro que me están mirando sentados en primera fila de la platea.

Repto hasta la ventana –el corazón me late con fuerza, la cabeza me vibra –y cierro la persiana. Espío. Es uno solo. Me está mirando y muy serio. Es ese roñoso. Porque es el más roñoso de todos. El que más me mira y el único que nunca me dice nada. Me mira solamente, y cómo. Lo voy a matar. Cómo puedo hacer para matarlo. Para que no diga nada. Ahora que me vio lo tengo que matar. Pero antes de matarlo lo traigo acá. Como si fuera un perro. Un perro que yo me voy a traer acá. Voy a hacer de todo con él, de todo, y después lo mato, para que no cuente nada. Yo no puedo salir más a la calle. Se lo va a contar a todos los mecánicos. Por suerte pronto nos vamos a Mar del Plata.

2.

Odio Mar del Plata. En Mar del Plata parezco mucho más gorda de lo que soy en Buenos Aires. En Mar del Plata todos se creen genialmente hermosos y te están gritando gorda todo el tiempo. Nunca tengo nada para ponerme y todo me queda como el culo. Odio quedarme en malla. Odio que la gente me mire en malla. Odio tener que ir a comprarle cigarrillos a mi papá y recorrer toda la rambla mientras todo el mundo me dice porquerías. Y lo peor es que las porquerías me las dicen los viejos. Cosas asquerosas. Y también los tipos, pero sólo cuando van de a tres o cuatro. ¿Quién dice que no hay carne en la Argentina? Qué pedazo de boludos. ¿Qué comés, nena? ¿Bulones? Boludos como. Eso.

Odio levantarme a la mañana y encontrarme con la carota de Marita que siempre está de buen humor y los pantalones le quedan bárbaros y nos viene a buscar para ir a los acantilados.

Raquel organiza todo: –Gustavo, levantate que se nos hace tarde. Blanca me preparó toda la comida: milanesas, huevos duros y tortilla de papas. ¿Vos venís, Féiguele?

–Andá a la puta que te parió que te acordás de mí cuando hablás de comida.

–No sé si hay lugar en el coche –dice Gustavo.

–Sí que hay lugar –dice Marita –si vamos solos con Raquel. Los demás se fueron en el coche de Miguel.

Y allá vamos, a gozar de la naturaleza, a la que yo tanto amo.

Lo que sigue es una transcripción fiel de los conceptuosos diálogos en los que se enfrasca nuestra sana juventud.

–¿Quién va al agua?

–Hace frío.

–Vamos a caminar.

–No me gusta como Sarita lo mira a Chiche.

–Para mí que está metida.

–El boludo de Miguel no se me declaró anoche.

–Quema la arena, yo no voy.

–¡Miren, miren, toninas!

–Qué negra que estás...

–Ay, sí. Pero se me está pelando la nariz.

–Te juego un cabeza.

–Ah, no, che, no empiecen a jugar a la pelota.

–Ustedes vayan preparando la comida, siervas.

Me tiendo al sol, aunque reviente. Boca abajo es más lindo, pero no se me quema la cara. Boca abajo también me puedo chupar un poquito el brazo que está salado, sin que nadie se dé cuenta.

–¡Juntemos caracolitos! ¡Juntemos caracolitos! Pero qué manga de boludos.

Pero no ir a los acantilados es peor. Papá, el papelonero, juega al póker en plena playa Bristol. Manda traer su mesita, que le guarda el carpero, y vienen los amigos y juegan.

El carpero está muy bien.

–Estoy servido.

–Paso.

–Pares dobles.

–Jajá, pierna.

–Zebroj zolstu vern.

Yo leo Arthur Miller sentadita en una silla sin molestar a nadie.

–¿Nena, no vas al agua? –Mi mamá está tejiendo junto con las señoras de dos de los papeloneros.

–No tengo ganas.

–Yo no sé para qué viene a la playa –le dice a la que teje la cartera de rafia –leer bien puede leer en casa.

–Si me quedo en casa me decís que leer bien puedo leer en la playa.

–Aj, nena.

–Féiguele (a los gritos) andá a comprarme cigarrillos (¿No les digo?)

–Nena, no te hagás la que no oíste.

–¿Qué?

–Papá quiere que le vayas a comprar cigarillos.

–¿Qué cigarrillos querés?

–Estos... Particulares fuertes... Doblo.

–Aj, Féiguele, como si nunca fueras a comprarle cigarrillos a papá...

–Me olvido...

Yo para ganar tiempo. A lo mejor se acordaba que tenía otro atado en el pantalón. Cualquier cosa puede llegar a haber en el bolsillo del pantalón de mi papá. Yo lo sé por experiencia, de cuando entro despacito a la noche y le meto la mano en el bolsillo del pantalón que está colgado de la silla, para buscar plata.

Saco algo que parece dinero y lo llevo apretado en la mano hasta que llego a mi pieza y miro. A veces es plata. A veces es cualquier otra clase de papeles. No me puedo llegar a imaginar qué son la mitad de las cosas que conozco sólo por tacto en el bolsillo de mi papá. Pero generalmente plata tiene, que es lo que yo fui a buscar. Bueno, pero hoy hay que ir nomás a comprarle los cigarrillos.

Te chuparía toda, nena.

A la hora de volver a casa, mamá me dice: ¿venís, Féiguele?

Ni loca que estuviera vuelvo junto con ellos. Prefiero que me vean siempre sola y no como una idiota con mi mamá y mi papá.

Entonces me vuelvo de la playa sola cinco minutos después.

En casa me aburro también como loca, pero por lo menos nadie me jode. Pero hoy cuando volví a casa había gente que subía y bajaba, el ascensor ocupado llevando valijas, vinieron los del quinto. No son los de todos los años. De reojo veo que hay una chica como de mi edad. Las dos nos hacemos las burras. Me cuido bien de no subir en el ascensor junto con ella. Se llama Coca. Lo sé porque se lo escuché a la madre, que no paró de hablar todo el tiempo y dar órdenes a todo el mundo, sobre todo al marido.

Cuando llego a casa mi mamá está diciendo: –¿Qué les habrá pasado a los Beremberg este año? (Los Beremberg son los del quinto de todos los años)... ¿Les irán tan mal las cosas que tuvieron que alquilar el departamento? –Mi papá está tomando una cerveza. –Bueno, a lo mejor se fueron a Europa...

Mi papá por toda respuesta eructa y se va a dormir la siesta. Ronca tan fuerte que se oye en toda la casa. Mi papá siempre ronca. Y hace ruido cuando come. Mastica con la boca abierta y aspira la sopa bien fuerte. Eructa a todo vapor, escupe gargajos y se tira pedos.

Eso sí, casi nunca habla. Yo lo odio por amarrete, por bruto y porque no me presta la menor atención. Es tan descuidado. Anota un número de teléfono en la tapa de un libro mío, arranca una hoja de mi carpeta de música para anotar los puntos del rummy, un desastre. Todos dicen que es millonario, debe ser, porque la casa en la que vivimos es muy grande. Pero también mi papá me gusta. Me gusta que sea tan grande y tan fuerte. Me gusta cuando se ríe, cuando cuenta chistes boludos en idish (no sabe hablar en castellano). (Hace cuarenta años que vive en la Argentina y todavía no aprendió a hablar.) (Es polaco.)

Me gusta cuando mi mamá dice que mi papá dormía cuatro horas por día porque trabajaba muy duro en un fábrica de camas de bronce. (¿No es fantástico, camas de bronce?) Ahora tiene una fábrica textil y una gran fortuna, premio a su duro trabajo. Dicen que tiene una gran fortuna.

Pero a mí me gusta porque soy loca, porque cualquiera que lo conozca diría que es un bruto animal.

¿Cómo llegué al bruto animal? Ah, sí, porque está roncando, como de costumbre. Llega un momento en que no aguanto más los ronquidos, y agarro el libro y me voy a leer al hall de entrada, que hay sillones. Después de estar un rato sentada ahí leyendo, baja la del quinto. Sale del ascensor y cuando me ve, nos ponemos coloradas las dos.

Yo le digo: –Hola.

–¿Vos vivís aquí?

–En el octavo.

–Ah... –Ella tiene en la mano una enorme bolsa de hule para hacer las compras.

–¿Hace mucho que estás?

–Quince días, más o menos. ¿Y vos?

–Llegué hoy (como si no lo supiéramos las dos). Y ahora tengo que ir a hacer las compras.

–¿No tienen muchacha?

–Sí, en Buenos Aires sí, pero ahora está de vacaciones.

Cómo, si a Mar del Plata se va de vacaciones. ¿Y Blanca? ¿Cuándo se toma vacaciones Blanca? Con razón rebuzna que la llevan a la fuerza.

–Si querés te acompaño.

–Dale.

Salimos.

–¿Cómo te llamás?

–Féiguele.

–¿Cómo?

–Féiguele.

–No, de nombre, digo.

–Me llamo Féiguele de nombre. ¿Y vos?

–Coca.

Y así comenzó una tierna amistad.

Coca lee novelas de Corín Tellado, que yo ni sabía que existieran. Me prestó una y me apasionó. Ahora estoy leyendo todas las que tiene. A la tarde nos vamos a la confitería Saint James y después al cine. Coca es linda, tiene cara de china. Y tiene muchos primos que llegan esta semana.

Vamos a la playa juntas (su carpa está cerca de la mía) y vamos a tomar sol a la escollera.

Los primos se llaman Marcelo, Jorge y Eduardo. Marcelo y Jorge son muy lindos. En general me parece una especie de privilegio tener primos y que sean lindos. Desde que ellos llegaron, siento una gran admiración por Coca. Ahora salimos los cinco. Y para mejor, Marcelo a veces tiene el auto del padre. Vamos a bailar.
Yo nunca había ido a bailar. Nos divertimos muchísimo, vamos a andar en bicicleta, al cine todos juntos.
Yo le cuento todo por carta a Luisito, seguro que no lo puede creer. ¡Una barra!
Después de mucho dudarlo entre Marcelo y Jorge, decido que me gusta Marcelo que es más alto. Coca dice que está segura de que yo le gusto. Parece como que va a florecer un romance, pero Marcelo es tan tímido que me parece que el romance no va a florecer nada.
Un día vamos a bailar a Hurlingham. Me encanta ir a bailar porque con ellos bailo todas las piezas. En Hurlingham Marcelo se encuentra con unos amigos, un muchacho y dos chicas. Él se llama Jacko y me fascina y no lo entiendo porque es bastante feo.
De todas maneras no hay problemas porque según le cuenta a Marcelo –en voz alta para que escuchemos todos– se acaba de meter con Sonia, que es una de las chicas. Una boluda, igual que su amiga. Muy linda, pero créanme, una boluda.

A partir de la llegada del triángulo maldito y el resto de sus amigos, ya nada fue igual entre nosotros.

Empezamos a salir todos juntos con Jacko y Sonia y todos ellos, y se supone que ahora nos divertimos más. Pero a mí no me gusta nada el asunto. Me llevo muy mal con Jacko que es un imbécil y a esa idiota de Sonia la mataría. Se creen los reyes de la creación y todos nosotros, los del principio, nos convertimos en sus adoradores. Todos los chicos, con Marcelo a la cabeza, están locos por Sonia. Y la estúpida de Coca está loca por Jacko. Ese petulante infeliz.

Un ignorante. Que cuando estamos en la playa, me mira bien las piernas, como para que me dé bronca y no sepa qué hacer con mi puta grasa. Siempre están cuchicheando Sonia y su amiguita Josefina y se ríen y no dicen de qué.

La verdad es que Sonia es muy linda. Rubia natural con ojos bien celestes (ella dice violetas). Es la única de nosotras que tiene lindo cuerpo y bien que te lo recuerda todo el tiempo moviéndose de un lado para otro. Sabe que todos la están mirando y dice ay, no quiero que me dé el sol porque me saca pecas en la nariz.

–Pero no –el coro de boludos –si te quedan preciosas...

Una estúpida completa. Pero total, las pecas le quedan preciosas.

También es totalmente estúpido el juego que inventamos de esperar a cada uno frente a su casilla, esperando que se cambie. Yo por suerte ya estaba cambiada cuando tocó que fuéramos todos a acompañar a Jacko. Tardaba y tardaba y tardaba y entonces todos le empezamos a gritar que se apure.

–No molesten, miren que salgo en bolas ¿eh?

–¡Que salga en bolas! ¡Que salga en bolas!

–¡Ahí salgo!

Abre la puerta de la casilla y aparece con una toalla atada a la cintura.

–¡Cagón! ¡Cagón!

–¡Ahí va! –grita y se arranca la toalla. Todas las chicas pegan alaridos y se dan vuelta. Menos yo, que me quedo tan pancha mirándolo. Bueno, tan pancha no. Sentía duros los músculos de todo el cuerpo y me latía furiosamente una vena del cuello. Pero no di vuelta la cara y lo miré con la mayor cara de desprecio que fui capaz de poner.

Él se quedó mirándome un rato que me pareció larguísimo y después entró.

Ayer a la noche hubo fiesta en casa de Sonia. Había pulpitos, unas cosas negras asquerosas. Estaba el hermano mayor de Sonia, que tiene como veinte años y es uno de los amores imposibles de mi hermana Raquel.

Estaba ahí y parecía dispuesto a quedarse. Josefina, la amiga de Sonia le daba vueltas alrededor y le hacía chistes y hacía notar todo el tiempo que ella era muy amiga de él y lo conocía bien. Y si te descuidás, que él estaba ahí por ella.

De pronto, y aunque no lo puedan creer –yo demoré un ratito en creerlo– se acercó francamente hasta donde estaba yo.

–¿Querés bailar? –me dijo el hermano de Sonia, sí. Cuando logré reponerme de la sorpresa, contesté:–Bueno,–y salimos a bailar.

Bailamos una cosa medio rápida y me dice:

–Qué livianita sos para bailar...

La gente pensará que porque soy gorda tengo que bailar como un tanque.

De pronto, antes de que terminara el disco, me dice:

–Vení, vamos a comer algo.–Rodeándome la espalda con un brazo, me lleva con él hacia la mesa.
–¿Te gustan los pulpitos?
Josefina ya no se reía ni medio.
–No sé, nunca probé...
–Probá uno... –pinchó un pulpito con el tenedor y lo acercó a mi boca–. ¿No te gusta que te den de comer en la boca?... –de repente tuve ganas de hacer pis, pero me aguanté –A ver, abrí la boquita...
Y me lo comí. No sé si era rico o feo. Era una cosa que se movía dentro de la boca.
De pronto me dice vení, vamos a bailar otra vez. Esta vez era Una en un millón por los Plateros. Me siento una reina esta noche con mis enaguas almidonadas y la solera celeste de Raquel, que milagrosamente me cerró.
Me dice, mirando afuera por el balcón: –Qué linda está la noche.
Y yo, como una idiota, le entiendo qué linda estás esta noche. ¿Y qué le digo? Le digo Gracias. ¡Le digo GRACIAS!, en el momento mismo en que me doy cuenta de que en realidad me dijo qué linda está la noche y no qué linda estás esta noche.
Si hay algo que quisiera en este momento es estar muerta. El disco no se termina nunca. El hermano de Sonia tuvo la generosidad de no aclararme mi error, pero en cuanto yo me vaya se lo va a contar a Sonia y se van a matar de risa. El disco no se termina nunca y a mí me duele la cabeza de escuchar las risas.
Por fin el disco termina y yo anuncio públicamente que me duele la cabeza. Todo lo que quiero es irme. Cuando salgo, vuelco un vaso de coca cola y mancho el vestido de Raquel. Cada vez que me pongo un vestido de Raquel se lo

mancho, ¡qué desgracia! Cuando vea el vestido se va a poner a gritar como una loca que se lo hago a propósito.

Le estoy enseñando a fumar a Coca. Ella es muy inocente. No sabe nada sobre sexo y yo le tengo que enseñar todo. Está muy triste porque le gusta Jacko y también le gusta Gustavo (¿le gusta Gustavo? ¿La palabra Gustavo vendrá de gustar?) pero de él no dice nada porque es mi hermano.

Sonia en cambio, es una asquerosa. El otro día estábamos todos en la escollera y Jacko y Jorge se fueron a nadar lejos, y Sonia empezó a gritar, no muy fuerte, claro, hacía como que gritaba, ay, se va a ahogar, se va a ahogar, y a mí en el oído, se va a ahogar y todavía no cogimos.
¡Cogimos, dijo! ¿Pensarán coger?

Tengo tantas ganas de volver a Buenos Aires... Hoy recibí carta de Luisito que me cuenta las mismas boludeces de siempre. De Salo no me dice nada.
Salo es el hermano mayor de Luisito, tiene 16 años, y una vez me dio un beso en la boca. Y desde esa vez yo no le hablo. Luisito vive al lado de mi casa, en la zapatería, y somos muy amigos, aunque la gente lo carga porque dicen que es maricón. La gorda y el maricón, ¡qué pareja!
Me gustaría ver la cara que pone Salo cuando le cuente que estuve saliendo con una barra todo el verano.
Pero todavía falta como una semana para volver. Yo ya no voy a la playa. Coca se fue a Buenos Aires y Marcelo y Jorge también, porque tienen exámenes en marzo. El único que quedó fue

Eduardo pero ahora sale con los hermanos mayores. Gustavo se volvió también porque lo van a llamar del servicio militar, Raquel sigue en sus cosas, en resumen, que otra vez no voy a ninguna parte.

Jacko y Sonia y ellos están acá todavía, pero ya no los veo.

Estoy harta de leer. Si por lo menos tuviera alguna novelita de Corín Tellado, pero las de Coca ya las leí todas, y me da vergüenza ir a comprar a un kiosko.

No voy a la playa además por lo del carpero. Porque el otro día me quedé en la playa hasta tardísimo, y cuando ya no quedaba nadie me quedé conversando con él. Después de un rato de conversar, no me acuerdo por qué entré a la casilla y él entró detrás de mí y me besó y me tocó las tetas. Me pegué tal susto que ahora no quiero volver más.

Tocan el timbre. Voy a abrir y es, ¡sorpresa! Josefina.

–Hola.

–Hola, tanto tiempo, hace mucho que no aparecés...

En lugar de escupirle, como una estúpida la hago pasar.

–Todos los días nos preguntamos, qué pasará con Feiguele que no viene. Y decidimos venir a invitarte a una fiesta que hay esta noche.

–¿Qué fiesta?

Una medio de despedida, porque ya nos estamos por ir todos. ¿Querés venir?

–Claro, claro. ¿Dónde es?

–En casa de Sonia.

Me aguanté las ganas de preguntarle si iba a estar el hermano.

–Bueno, voy.

–Bueno, entonces me voy. Te veo después ¡Ah!
–abriendo la puerta para irse –¿podés traer tu tocadiscos? El de Sonia se descompuso y...
Era eso, el tocadiscos. Necesitan un tocadiscos.
Me dio tanta rabia que pensé no ir. Pero no ir me
da vergüenza porque van a pensar que no voy
porque solamente me llaman cuando necesitan
el tocadiscos. O que no voy por lo del hermano.
A lo mejor él se lo contó a todos. La cuestión es
que voy. Cargando el tocadiscos las dos cuadras
hasta la casa de Sonia.

Hola, hola, qué suerte que vino la música, que
cómo se hace, que yo qué sé, la cuestión es que
sin llegar a entender demasiado lo que pasaba,
me encontré poniendo los discos.
La vitrolera, me quiero morir.
El hermano de Sonia no está, por suerte. No conozco a nadie. Todo lo que quiero es escaparme
de aquí. No sé qué hacer con mis brazos mientras los demás bailan. Me parece que todos me
miran. Yo no sé dónde mirar.
Mirá para adentro Féiguele, meté la cabeza por
adentro de la garganta y empezá a comerte las en-
trañas. Hacelos vomitar, Féiguele, pero no reírse.
Al final me escapé, sin que nadie se diera cuenta.
Les dejé el tocadiscos. Que se lo metan en el culo.

–¿Cómo te fuiste anoche sin que nadie se diera
cuenta? Acá te traigo el tocadiscos.
Con estas palabras hizo su entrada en mi casa a
la mañana siguiente mi dilecta amiga Josefina.
–Qué lástima que te fuiste, continuó, la pasamos
bárbaro. Los padres de Sonia se fueron en seguida y nos quedamos hasta tardísimo haciendo
mucho lío... Claro, después...

–¿Después qué?
–Y después pasó lo de Jacko y Sonia...
–¿Qué pasó?
–¿Cómo, no sabés? Ah, claro, vos te fuiste temprano...
–¿Qué pasó?
–Largaron.
–¿Cómo, largaron?
–Sí, nena, largaron.
–¿Cómo puede ser?
–¿Y vos lo preguntás?
–¿Cómo vos lo preguntás, por qué me decís así?
–No, no sé, pensé que vos tenías algo que ver...
–¿Yo? Pero no seas pavota, querés, ¿qué puedo tener que ver yo?
–Mirá, no sé. Lo que te puedo decir es que Jacko, cuando vio que te habías ido sin que él se diera cuenta se puso como loco. Dónde está Féiguele, cuándo se fue Féiguele, decía todo el tiempo. Todo le molestaba, estaba de pésimo humor. Se puso a discutir con Sonia y al final la largó a los gritos delante de todos. Yo estaba en el balcón, pero escuché que hablaban de vos todo el tiempo en la discusión.
–¿Qué decían de mí?
–Sonia decía qué te importa que se fue Féiguele, que sé yo, no pude escuchar bien. ¿Pero él no te lo contó?
–¿Quién?
–Jacko.
–¿Jacko? ¿Sos loca?
–No, si está acá abajo esperándote. Creí que sabías. Me mandó decirte que te apures, que bajes.
–Me estás cargando.
–Vení, asomate al balcón que lo vas a ver.
Estaba. Era él. Yo no entiendo nada.

–Vino con vos.

–Te digo que no. Estaba cuando llegué y me dijo decile a Feiguele que se apure.

Bajamos juntas en el ascensor. Sonia debe estar furiosa conmigo. Pero no, no puede ser, es todo una cargada. Si Marcelo no se metió conmigo porque soy gorda, no se va a meter éste, ¿no? Yo bajé como estaba porque me daba vergüenza delante de Josefina ir al baño a arreglarme un poco. Si nos metemos nos vamos a tener que cambiar de barra, porque Sonia me mata.

Jacko está apoyado contra el auto de papá. Está fumando. Me encanta como fuma. Josefina se fue en seguida. Ésta también me mata, si puede.

–Tengo que hablar con vos, me dice.

–Bueno, hablemos acá, digo entrando al auto de papá.

Se sienta al lado mío y yo me pongo a mirar el tablero del coche. Me tiembla el cuello, justo del lado de Jacko. Pero no creo que él se dé cuenta, porque está mirando bien para adelante, a la avenida Colón.

Pasan seis años. Por fin dice:

–Mirá, tengo que hablar con vos. Es una cosa muy importante.

Silencio.

–Pero no sé que me pasa ahora que estoy muy nervioso. ¿No querés que nos encontremos mañana así te lo digo?

–¿Dónde?

–En la playa.

–Bueno.

–¿A las cinco?

–Bueno.

–¿Vas a ir?

Casi me da un ataque de risa, pero le digo claro, se baja del auto y se va.

¿Saben cuánto falta para mañana a las cinco? Cuarenta años. No como nada para estar más flaca. Y además no puedo. Un tiempo así de no poder comer y voy a adelgazar y voy a ser flaca y le voy a gustar cada vez más. Entonces va a saber lo que es una mujer, no esa tarada que tiene al lado. Porque yo, de cara soy linda. Y soy inteligente. Y si además adelgazo no les cuento. Pensándolo bien, es lógico. Jacko me aprecia. Siempre se queda muy impresionado cuando discute conmigo. Porque además de todo, yo sé de fútbol. Sé como formaba la máquina de River, y él, que también es de River, no lo sabía.

¿Qué me voy a poner? Después de lo que pasó el otro día, Raquel no me quiere prestar más nada. En estos casos recurro a Gustavo. Gustavo siempre consigue lo que quiere de todo el mundo. Y si él le pide, ella me presta. Pero como todo el mundo sabe, Gustavo se fue a Buenos Aires a hacer la conscripción. Parece que me voy a tener que poner la solera de todos los días. Odio esta solera. Por mucho que miro el reloj de la terminal, son apenas las dos. Bien. No importa. Mi mamá está jugando al póker con las amigas. Cada rato me mira porque no entiende nada por qué no comí. Plancho la solera. Bien cada pincita y cada breltelito. Me tomo todo el tiempo del mundo. Cuando termino son las dos y cuarto. Voy a gritar. Me doy el primer baño de inmersión estilo Raquel de mi vida. Salgo, me maquillo con todas las cosas de Raquel que, afortunadamente para todos se fue a casa de Marita. Me pongo todo lo que hay: base, polvo, rimmel, sombra, colorete y rouge. Me queda horrible. Así que me vuelvo a lavar la cara. Por qué no seré como Marita. Alta, flaca, linda, simpática y buena. Y con novio. Odio a Marita, me tiene harta.

Con la cara lavada estoy mejor. Por lo menos está quemada por el sol. Y finalmente, él siempre me vio con la cara lavada.

Miren que me tomé tiempo, eh, y así y todo estoy lista a las cuatro y diez. ¿Qué hago hasta la cinco menos diez?

Las amigas de mi mamá comentan.

–Está igualita a Rujele, cada día más.

–Claro, un poco más gordita...

–Qué lástima que sea tan gordita, ¿no? porque de cara es linda.

La gente cree que si una fuera fea de cara estaría bien que sea una gorda de mierda.

Muy de vez en cuando hablan. En general están en silencio, o canturreando en voz baja, golpeteando las uñas largas y rojas sobre el tapete verde o haciendo ruidito con las fichas.

Cuando termina cada mano, sí. Es como si prendieran cinco radios al mismo tiempo. Todas hablan, se ríen, cada una explica al resto que no la escucha el juego que tenía y cómo lo manejó. Pasado ese momento, vuelve la tranquilidad. Es el momento en que una de las cinco mezcla y da cartas. En ese ratito es cuando se observan, se hacen preguntas lapidarias con cara inocente (¿Al final no hizo el tratamiento de belleza que pensaba hacer, señora Waissman? La señora Waissman se quiere morir porque sí lo hizo). Cuando ya tienen las cartas en la mano, cada una vuelve a encerrarse en su juego.

No me iba a salvar de que me pidieran café. Nunca me salvo, por qué me iba a salvar hoy. Y para peor, nunca faltan dos que quieren té en lugar de café.

Pero lo peor de todo es que nunca falta una por lo menos que me pregunta cómo te va en el colegio. Las mataría.

Cuando tienen el café, ya quieren galletitas, de esas que hizo mamá (en realidad, a esta altura las hace Blanca). Les sirvo las galletitas, miro la hora y AAAAAAAAAAYY, voy a llegar tarde. Son las cinco menos diez pasadas.

En el ascensor me acuerdo de que no me puse perfume, aún en las ocasiones importantes como ésta. Me mataría.

Pero no hay tiempo para volver. No puedo llegar tarde. Voy sin perfume nomás. Salgo a la calle, sí, sí, soy yo misma, Féiguele, ¿cómo me reconoció? Gracias, gracias. ¿Un autógrafo? pero como no, con mucho gusto, gracias, señores, por favor, déjeme pasar, llevo apuro, otro día, cómo no, gracias, gracias. Tampoco me traje el saquito. Por ahí nos quedamos en la playa hasta tarde, mirando la luna y todo eso y yo como una boluda me olvidé el saquito.

No hay nadie en la calle. Todo el mundo ya se volvió a Buenos Aires. Mar del Plata está vacía. Ahora me empieza a gustar.

Ahí viene un tipo. A ver si me dice un piropo o no. Me parece que lo conozco.

Sí, es Eduardo. Eduardito, el único de los nuestros que quedó.

–Hola...

–Hola, Féiguele, qué suerte que te encuentro, te estaba esperando...

–Mirá, tengo que hacer...

–Féiguele, no vayas, es una cargada, van a estar todos esperándote detrás de la escollera, y cuando vos...

–¡Pero no! ¿Te creés que no me di cuenta de que era una cargada? Ts, no me conocés. Tengo que ir acá a la vuelta a comprarle cigarrillos a mi papá...

–Ah, qué suerte –dijo como aliviado –yo creí que ibas a la playa y entonces...

–No, Eduardo, no te preocupes. Chau.

Tuve que ir al kiosko porque él si no se iba a dar cuenta.

En el kiosko me compré un chocolate blanco, el más grande que había; y me volví a mi casa.

Cuando llegué a la puerta vi que estaban, saliendo las señoras, así que volví y di una vuelta manzana. Por fin pude entrar a casa. Por suerte mi mamá también se había ido. Se ve que iban a seguirla a otra parte.

La mesa estaba llena de fichas, ceniceros sucios y tacitas de café con manchas de rouge.

Una de las tipas se había olvidado los cigarrillos y prendí uno. Mentolado, qué porquería. A quién se le ocurre fumar pastillas de menta. Lo apagué y me comí el chocolate cuan grande era.

De pronto suena el teléfono. Me acerco para atender y antes de agarrar el tubo pienso si puede ser para mí... y me doy cuenta de que puede ser para cualquiera menos para mí. Entonces lo dejo sonar. Sonar y sonar, hasta que se cansó. Entonces, no pude evitarlo, me puse a llorar.

Por suerte ya nos volvemos. Empieza el trajín de las valijas y las fundas y los paquetes. Papá, como siempre en estos casos, está de pésimo humor. Yo hago lo menos posible y Raquel me

denuncia todo el tiempo. Por fin estamos sentados todos en el auto y salimos para Buenos Aires.
Blanca por suerte se duerme en seguida, porque
todavía no paró de rebuznar desde que, según
ella, la trajimos por la fuerza. Y yo creo que tiene razón. Ya en la ruta, papá se pone de buen
humor en seguida. Pero en seguida le da sueño.
Raquel se ofrece a manejar y papá la saca cagan-
do. Entonces tenemos que parar como una hora
cada vez que a papá le da sueño.

A pesar de todo, un día llegamos a Buenos Aires.
En ese momento, naturalmente, yo justo estoy
durmiendo.

Reconozco todos los olores de la casa. Reconozco
el olor de mi cama sin hacer y mi intimidad.
Duermo directamente sobre el colchón.

3.

Clara, mi hermana la mayor, está embarazada.
Está gorda como un chancho porque dice que ahora tiene que comer por dos. Pero gorda y todo es linda igual.
Voy a su casa que es muy chiquita, pero a mí me gusta más que la nuestra que es enorme.
Clara está con su amiga y nos presenta.
–Esta es Susana y ésta es mi hermanita Féiguele.
–¿Cómo?
–Féi-gue-le, repito yo aburrida. Por qué no me llamaré Rosa.
Le digo a Clara enséñame a tejer. Me empieza a enseñar con una lana cualquiera y aprendo en seguida.
Clara me dice: –¿Qué te vas a tejer?
–No sé, una bufanda.
–No te lo recomiendo, es muy aburrido. Tejete un suéter, mejor.
Pero es muy difícil.

–No, es muy fácil. Yo te enseño. Ahora voy a hacer café.

–Me gusta estar en tu casa.

–Vení cuando quieras, esta es tu casa también. La miro a la cara y veo que me lo dice en serio. Las pequeñas cosas de la vida también son importantes, ¿no?

Luisito y su familia no van nunca a veranear. Van a la Salada. Algunas veces yo voy con ellos. Luisito me mira con mucho respeto desde que volví de Mar del Plata. Salo me mira mucho, pero es en cargada. Así que no le hago caso. Yo prefiero que Luisito venga a casa. El otro día hicimos panqueques de dulce de leche y los comimos todos entre los dos.

Hoy empiezan las clases. Tercer año, este año todavía tengo francés. Cuarto y quinto, inglés.

En seguida me encuentro con Nora.

–¿Qué división te tocó? –pregunta a modo de saludo.

–Tercero primera.

–¡Qué suerte! A mí también. ¿Sabés que uso anteojos?

–¿A ver cómo te quedan?

–Horribles.

–Te quedan bien.–Estamos en clase de Anatomía. El profesor es bastante churro. Hmm, y este año se estudia el cuerpo humano.

–¿Dónde fuiste de vacaciones?, pregunta Nora.–¿A Mar del Plata, y vos?

Otra vez metí la pata.

–¿Cómo la pasaste?

–Bárbaro. Después te cuento.

Pling, recreo. Acompañame a comprar una empanada, le digo.

Vamos tan tranquilas por el patio cuando me encuentro a la última persona que quiero ver en el mundo. ¡Sonia! Sonia y Josefina en el normal 7. ¡Pero si al Normal 7 vengo yo! ¿Qué hacen acá? Pero ¡qué mierda hacen acá!

–Pero mirá quién está acá (Sonia) ¿vos también te pasaste al Normal?
–Yo vengo desde primer año.
Charlamos un ratito y nos vamos. Nora me mira y me dijo bajito ¿por qué te temblaba la voz? Le digo Nora tengo una idea. Te invito a almorzar a mi casa.
–¿A tu casa? ¿Y por qué?
–Porque tengo ganas.
–Pero, ¿cómo le aviso a mi mamá?
La llamás por teléfono desde mi casa.
Nora viene a comer a casa. Mamá la recibe bien (yo tenía miedo porque es la primera vez que invito a alguien a comer a casa).
Este almuerzo es completamente distinto a todos porque está Nora. Mi papá es el único que hace lo de siempre: lee el diario y come con la boca abierta.
Yo estoy animadísima y hablo todo el tiempo para que nadie se aburra. Nadie más habla, ni Gustavo ni mi mamá ni Raquel. Nora menos que menos. Raquel por ahí dice algo. Mi mamá trae el flan que hizo de postre y nos sirve, a todos menos a Nora. Yo no me di cuenta. La que se dio cuenta –porque Nora no dijo nada– fue mi mamá misma, un rato después.
–Ay, señorita, me olvidé de servirle el postre. ¡Qué barbaridad! Cómo no me avisó...
–No, señora, deje. No quiero, gracias, igual no me gusta el flan...

–Ah, bueno –dice mi mamá y no le sirve nada.
La mataría a mi mamá. Siempre hace lo mismo.
–Decime Nora –le digo después, en mi pieza -¿en serio no te gusta el flan?
–En serio, no me gusta –pero se pone toda colorada y estoy segura de que le gusta.

Mi mamá se va al cine con mi tía Dorita. Nena, ¿por qué no venís? No, no tengo ganas. ¿Te vas a quedar todo el sábado ahí en ese sillón sin hacer nada? No te preocupes, dentro de un rato me voy a lo de Luisito. Aj, Féiguele, vení al cine con nosotras, te vas a entretener un rato.
Odio ir al cine con mi mamá y mi tía. No lo pueden entender. No quiero salir a la calle, no tengo qué ponerme, estoy cada vez más gorda y no quiero que nadie me vea.
Mi tía Dorita: Dale, Féiguele, vení que vemos una película linda y después nos vamos a tomar una coca cola por ahí.
Mi mamá:–andá ponete un tapado y vamos.
Cuándo me van a comprar un tapado. Voy y me pongo mi tapado. Mi tapado. El tapado. Una porquería de viejo.
Nos vamos en el subte, dios libre y guarde de tomar un taxi, y llegamos al cine donde dan una de Doris Day. Nos quedamos mirando un ratito las fotos afuera y comentamos qué linda debe ser.
Cuando abro la puerta para que vayamos a comprar las entradas, me quedo dura y me quiero morir ahí mismo.
Todos. Están todos. Están parados en el hall del cine riéndose (siempre se están riendo éstos) y comiendo chocolates. Sonia, Josefina y las demás chicas que no conozco están todas con el sobretodo beige que se usa ahora. ¡Todas tienen un

sobretodo beige! ¡Y yo estoy con mi tapadito co-
lorado, y con mi mamá! ¡Y con mi tía! Yo les aviso, antes de entrar a este cine, me mato. Me mato de verdad. Vuelvo a cerrar la puerta.
–Yo no voy –digo como súbitamente inspirada -.
Me pudren las películas de Doris Day. No la
aguanto a Doris Day, es una estúpida que se la
pasa cantando. Si ustedes quieren, vayan, pero
yo me voy a casa. O voy a ver otra cosa.
Mi mamá y mi tía Dorita me miran alarmadas.
Intentaron discutir un poquito pero no hubo caso. Nos fuimos al cine de al lado y esa fue seguramente la única película de cow-boys que vio mi
mamá en su vida.

Decidí estudiar, para variar un poco. En realidad es muy fácil estudiar. Uno estudia un rato y
da unas clases fantásticas y los profesores se ponen contentos. Parece que los profesores todo
lo que quieren de una para quererla es que una
estudie. Lo que más estudio es Anatomía, porque el profesor, creo que ya lo dije, está muy
bien. Bueno, no sé si está muy bien o no hay
demasiado para elegir.
Pregunta quién quiere pasar, y ante el repentino
amor de todas las chicas, yo levanto la mano. Paso y doy una clase perfecta. El profesor me pone
un diez y yo me siento de muy buen humor. ¡Me
siento tan superior cuando me saco un diez!...
En el recreo me quedo con Nora charlando en la
puerta de la clase como dos vecinas en el zaguán.
Le estoy contando la de cow-boys, que por otra
parte era fantástica, a pesar de que trabajan casi
todos hombres.
En eso pasan caminando tomadas del brazo mis
amigas del alma, Sonia y Josefina. Yo me hago la

canchera:–Qué tal qué tal, cómo les va... seguro que ninguna de las dos se saca diez en nada.

Se acercan a conversar: Qué tal, Féiguele, tanto tiempo, ¿no?

¿Me habrán visto en el cine? Imposible.

Bien, bárbaro, me saqué un diez en Anatomía.

–Qué brutal, blablablá, blablablá.

Nora nos mira conversar y a mí me da risa mirarla a Nora. Levanta ojos azorados a una y a otras y no entiende nada (digo levanta porque Nora es más bajita que nosotras).

–Y qué tal Féiguele, ¿con quién salís?

–Ah, tengo una barra nueva (Nora entiende cada vez menos) una barra genial. Hacemos fiestas todos los sábados y los domingos a la tarde vamos todos al cine. Y ya no puedo parar de hablar. Cuento una historia llena de detalles, invento personajes con una facilidad que Nora, que sabe que es todo mentira, de a ratos empieza a dudar. Para que no dude más de que es todo mentira, digo: los muchachos son churrísimos, ¿no, Nora? Nora los conoce. Contales, Nora.

–Los muchachos son churrísimos, repite Nora, ahora francamente asustada.

–¿Y no te metiste con ninguno? ¿No te gustaba nadie?

–Me gusta mucho uno. Y yo le gusto, porque en las fiestas siempre baila conmigo. Tiene 16 años y es rubio. Se llama Alejandro.

–¿Alejandro?

Sí, Alejandro Wizemberg (por suerte me acordé en seguida del apellido de un amigo de Gustavo) Y tiene coche. De él, no del padre.

–¿Tiene coche a los 16 años?

–La familia tiene mucha plata. Bueno, y te contaba, que yo le gusto y seguro que este sábado se

me tira, porque me dijo de salir solos, sin la barra.
–¿Y vos qué le vas a decir?
–Yo me meto, qué te parece, si me encanta.
–¿Por qué les contaste todo eso?
–Nora, no me empieces a joder.

Lo que seguramente voy a hacer este sábado es mirar televisión, porque mi papá compró una. Durante la semana casi no puedo mirar, pero ya falta poco para el sábado. Mañana es viernes.

Aunque no lo puedan creer, sonó el timbre de la última hora. Por fin terminó la semana. Salimos bien formadas y veo que Gustavo me vino a buscar. (Como es chofer en el servicio militar, me viene a buscar cada vez con un auto distinto.)
Saludo a Nora y voy despacito hasta el auto (muchas chicas creen que Gustavo es mi novio y a mí me encanta que lo crean).
–¡Féiguele! ¡Féiguele! (Odio que me llamen Féiguele fuerte.)
–Mañana es mi cumpleaños y hago una fiesta. Te quería invitar.
–Bueno, bárbaro –qué genial, una fiesta –dame tu dirección...
–¿Cómo? ¿Podés venir?
–Claro...
Entonces se pusieron a reír. No solamente ellas. Toda la división de ellas se puso a reír. A los gritos se reían.
A los gritos.
–¿Viste? ¿Viste que era todo mentira? ¡Te dije que era todo mentira! Lo del tipo, lo del auto, lo de la barra, todo mentira! Ja, ja, ja, todo mentira... Así que podés venir a la fiesta, ¿y qué vas a hacer con Alejandro? ¿Lo vas a dejar plantado? Jajajá...

Toda la división de ellas se está riendo. Todo el colegio se está riendo. Las señoras del barrio que van a hacer las compras se están riendo.

Tengo que llegar hasta el auto de Gustavo, pero tengo miedo de darme vuelta. Toda la cuadra se está riendo. Toda la ciudad se está riendo. Tengo miedo de darme vuelta. Voy retrocediendo hasta el auto sin darme vuelta. Se ríen tanto que no se dan cuenta. Están dobladas en dos de risa. Por fin subo al auto y Gustavo arranca.

Por suerte Gustavo no pregunta nada y vamos a casa en silencio.

No hago ningún movimiento para que Gustavo no se dé cuenta de que estoy llorando. No le gusta que llore. Las lágrimas y los mocos me bajan por la cara, me mojan el cuello y reptan, por debajo del suéter, hasta morir en el corpiño. Además, me olvidé el pañuelo. Cuando llegamos a casa, paso por el comedor y sigo de largo para subir a mi pieza. Golpeo todas las puertas que puedo y oigo a mi mamá que comenta, sin levantar la vista del tejido:

–Aj, Féiguele siempre llorando.

Y lloro en mi pieza hasta que me quedo dormida.

Me desperté como a las cuatro de la tarde y bajé al comedor. No había nadie. Fui a la cocina y abrí la heladera. Encontré una gran fuente de canelones preparados para cocinar a la noche. Estaban helados. Me senté en el banquito de la cocina y, uno a uno, sin apuro, me los comí todos.

LA SIESTA

Hace calor. Qué calor que hace. Las baldosas del patio refrescan pero por un ratito nada más. Hay que echarse y al ratito correrse un poco para encontrar baldosas nuevas, fresquitas. No hay nadie todos duermen o no están. Yo no puedo dormir, tengo mucho calor y otras cosas que no puedo explicar. Estoy en bombacha y nada más. Aprovecho que no está mamá que dice que ya soy grande para andar así, que si viene alguien, que tu hermano, que tu padre. Estoy en bombacha y me miro al espejo. Vuelvo a acostarme sobre las baldosas y hago una especie de danza mirando al cielo blanco de la siesta. Fresquito en los talones, en las pantorrillas. En la parte de atrás de la rodillas no se puede. Los muslos, la cola (la cola todo el tiempo). La cintura y la cola, de un costado y del otro. Me siento rara. Al llegar a la espalda ya me aburrí. Hace demasiado calor para moverse.

Voy a ir a buscarlo a Luisito.

(Luisito comparte conmigo la cuadra desde que puedo recordar. También los juegos, las incursiones a la cocina a preparar panqueques de dulce de leche con campeonatos de revoleo por el aire, y el cine Rívoli con las tres películas y la pizza después.) (A Luisito le dicen maricón porque está siempre conmigo y juega a disfrazarse y a bailar.) (Pero no es maricón: un día me dio un beso todo pegajoso. Como no nos gustó ni a él ni a mí, no lo repetimos.)

Voy a ir a la casa de Luisito a ver qué hacemos.

La casa de Luisito es una zapatería con un vestíbulo. En los años que fuimos amigos casi nunca entré a la habitación de adentro, donde dormían los padres. La casa de Luisito era el vestíbulo, fresco y humilde con un sofá que a la noche se convertía en dos camas para él y su hermano Salo, y dos sillones de un cuerpo.

También había una escalera que no llevaba a ninguna parte. Era para "cuando construyamos".

Me pongo algún vestido encima y camino los veinte metros que me separan de Luisito. La calle, el barrio, el mundo, todo había muerto de calor.

Abro sin llamar, como siempre –creo que igual no había timbre– y me encuentro con lo último que hubiera esperado: Luisito, el papá de Luisito, la mamá de Luisito, y el hermano de Luisito, muy correctos todos, conversando con un señor y una señora nuevos. Me quedo inmóvil sin entender nada.

Los tíos de Tucumán. Vinieron los tíos de Tucumán. Mirá qué bien. Hago ademán de irme, pero la tía quiere conocer a la amiguita de Luisito y me invitan con un poco de Komari con soda. Es agrio, pero no lo digo porque todos estamos muy prolijitos hablando de la escuela y todo eso. Salo se levanta del sillón y me lo ofrece y él se queda de pie, al lado, un poco más atrás con la mano apoyada en el borde superior del respaldo. Todos conversamos. En el vestíbulo está fresco.

Estoy sintiendo una cosa pero no estoy segura. Debe ser una impresión mía. El calor. O no, no sé. Por las dudas me quedo muy quieta. Alguien me está hablando y yo no escuché. ¿Cómo? Ah, sí. Vivo en la esquina. No, esto no es una impresión mía. Está sucediendo: es una cosquilla, muy leve, muy leve, que me nace en la nuca, debajo del cabello. Un bichito chiquitito que me hace una caricia, se me entra por la espalda, me recorre toda la espalda, me trae un calor pero distinto, algo nuevo, terrible, no lo puedo soportar, creo que voy a gritar, no lo puedo resistir...

Es Salo que me está acariciando la nuca. No baja de ahí pero baja. La piel me está gritando cosas de todos los colores, tengo hormigas que me caminan entre las piernas, tengo algodón en el fondo de la boca, ya no veo nada.

Ellos siguen conversando.

Siento que la cara me está ardiendo y que todos se van a dar cuenta de lo que me pasa. No me atrevo a girar la cabeza para mirarlo a Luisito. Tengo miedo de que se descubra la mano de Salo acariciándome. Empiezo a ver todo nublado y ya no escucho lo que hablan. Tengo pájaros revoloteando dentro de mi vientre. Las hormigas ahora están en las axilas. Estoy absolutamente quieta, sorda y ciega. Por fuera.

Por dentro tengo un demonio, siete infiernos y mil tormentas. Tengo savia, torrentes y manantiales fluyendo entre las piernas.

La invasión de las hormigas es total. Me están

devorando. Tengo las palmas de las manos mojadas, mojados los ojos, mojadas las piernas. Tengo un hombre acariciándome la nuca, y hace tanto calor.

Una ráfaga de aire frío interrumpe el íntimo incendio. Salo fue a servir más Komari, el ventilador me miró. Lentamente empiezo a recobrar el oído. Y la vista. Todo sigue igual. Se habla de Tucumán. Luisito no se dio cuenta de nada.

Me levanto como puedo y aunque me propongo exactamente lo contrario, entro al dormitorio, y aunque me da vergüenza enfrentarme con Salo, le acerco mi vaso, y aunque no lo miro, él me levanta la cabeza con una mano y me pregunta:

–¿Nunca te besaron en la boca?

Tengo miedo de hablar porque sé que la voz no me va a salir bien y entonces niego con la cabeza.

–Claro, sos chica, reflexionó.

Y al rato: –Mañana se van todos a Morón y me quedo solo. Vení que te voy a besar en la boca.

Hago como que no oigo, o no entiendo, o en última instancia no me importa, y me vuelvo al vestíbulo con el vaso de Komari que ahora me satisface porque aunque es agrio está frío. Saludo a todos y me voy.

Vuelvo a casa y ya no me atrevo a tirarme sobre las baldosas. Ahora ya hay más ruido en la casa y en resumen, tengo miedo de que se me vaya la sensación que tengo en todo el cuerpo. El resto del día no hago nada más que asombrarme porque cada vez que recuerdo lo que pasó me aparece un apretón en el vientre que se diluye por los muslos. Y lo recuerdo otra vez y otra vez aparece el apretón y me gusta y así de algún modo me voy a dormir a la noche y me duermo abrazada a la almohada que ahora se llama Salo y que por suerte es bastante larga y puedo abrazarla con los brazos y con las piernas. Bien fuerte.

Toda la mañana me propongo no ir. No porque no quiera. Lo que no quiero es que él sepa que estoy así por él. Ya casi estoy convencida de no ir en el almuerzo, hasta que todos desaparecen a la siesta.

Otra vez hace calor. Qué calor que hace otra vez. Pero hoy tengo un apretón en el vientre y no me atrevo a tirarme sobre las baldosas.

Pienso, pienso un ratito y en seguida me doy cuenta de que Luisito tiene mi compás, y que si voy a buscar el compás a lo mejor no se nota tanto para qué voy.

Aunque sí se nota. Pero no puedo ir, abrir la puerta y decirle: acá estoy, besame en la boca. Voy a buscar el compás que es lo mejor. Voy y abro la puerta. Él está acostado escuchando la novela por la radio, (a él no le dicen maricón aunque escucha la novela por la radio, pero a él no le gusta bailar ni representar y tampoco se le falsea la voz como a Luisito). Él es grande, ya tiene 16 años.

Como si nada hubiera pasado me pongo a mirar en la repisa: "Luisito tiene un compás mío, ¿no lo viste? Lo necesito". No miro nada, no busco nada, nada en el mundo me importa menos que el compás. Trato de hablar fuerte para que él no escuche los ruidos que tengo por dentro: los del corazón, como en las novelas, pero otros que nunca están en las novelas, ruiditos de la panza, ruiditos de la garganta al tragar con tanta dificultad saliva y una repentina, terrible necesidad de ir al baño. Lo peor.

Todo se detiene cuando él por fin me agarra del

brazo y me hace sentar al lado de él y me dice
"después lo buscás". Tengo vergüenza de mirarlo
y él se está sonriendo. Lo mataría. O por lo menos me iría si pudiera. Si quisiera. Pero lo último
que quiero en el mundo es irme.

–Así que nunca te besaron en la boca.

Boca me sonaba a mala palabra. Hubiera preferi-
do que dijera "en los labios". Pero dice boca como a propósito y me mira la boca y entonces yo
me siento incómoda y me salen muecas porque
él me mira la boca.

Me toma el mentón, y lentamente, lentamente
me atrae la cara hacia la de él. Yo pienso a toda
velocidad: abro los ojos o los cierro cómo era en
las películas cierro la boca o la abro en las películas la abren pero cuando uno da un beso junta los labios y los aprieta en las películas abrirán
los labios porque los actores no se conocen o no
sé por qué pero tengo que decidirme ya mismo,
él tiene los ojos cerrados yo los cierro qué hago
con la boca yo la cierro siempre que di un beso
lo di con la boca cerrada bueno ya me toca la
cierro y listo.

Junta sus labios a los míos y yo todo lo que siento es unos labios junto a los míos. Por las dudas
abro los ojos y veo una parte de techo, torcido
por la inclinación de mi cabeza, después un pedazo de puerta con vidrio esmerilado y por último su cara con los ojos cerrados y expresión ab-
surda. Quién es este señor.

Se separa casi enojado y me dice: –¿Por qué no
abrís los labios? Estúpida, estúpida y estúpida. Si
en las películas abren los labios debe ser porque
se besa con los labios abiertos. Me avergüenzo y
no puedo justificarme. No es más que ignorancia y él se da cuenta.

–Vení –ahora me abraza –pero abrí los labios. Abro los labios tímidamente y mi boca hueca se encuentra con otra boca hueca y no me resisto a abrir los ojos otra vez. Esto es horrible. Salo se aparta. Está enojado. De pronto me agarra de un brazo, me aprieta fuerte y me besa ahora furioso y me mete la lengua bien adentro de mi boca y me empiezan a renacer los demonios y me tiembla todo el cuerpo y me abandono y escucho sinfonías desafinadas y violentas y me vibra el vientre, ya no tengo ganas de ir al baño ni pienso en las futuras siestas de besos, de Luisito sospechando y espiando, de empezar a conocer el sentido del pecado, de sentir cada pedazo de cuerpo gritar desesperado, de Luisito peleándose a trompadas con Salo, de tener la certera percepción de cambio dentro de la piel y de saber que todo queda ahí y sólo se apaga en casa, de noche, con la complicidad de la almohada. Y después Salo se aparta.

Entonces me tengo que ir. Me olvidé del compás y casi no lo saludo porque me da vergüenza, y camino muy derecha hasta casa.

LA TETA

–Cómo pudiste hacerme esto a mí –me dijo mi mamá cuando le anuncié que me había separado de mi marido.

–Mamá, no me fastidies, y te prohibo que llores, mirá que afuera me esperan dos clientes.

–Ay, nena, pero cómo...–el llanto la interrumpió. Como a propósito.

–Bueno, mamá, no te puedo atender ahora. –La levanté y suavemente la fui llevando hasta la puerta. –Un día de estos paso por tu casa y charlamos, ¿sabés? –la dejé en la puerta de mi oficina, ya puesta la mejor de mis sonrisas para recibir a los clientes.

Lo siguiente que supe de ella fue que se había ido a Nueva York por seis meses. Se fue sin despedirse de mí. Su hija de Nueva York –mi hermana– seguramente le daría más satisfacciones que yo.

El primer gusano lo vi dentro de mi agenda, una

mañana, recién llegada a la oficina. Me saltó la agenda de las manos y no pude reprimir una expresión de asco.

Mi secretaria se agachó a recoger la agenda. Tuve un impulso de detenerla, de advertirle, pero ella había levantado la agenda del suelo y el gusano no se veía por ninguna parte. No hice ningún comentario y comencé mi actividad del día.

Cuando llegué a casa estaba todo en silencio. Los chicos habían salido con el padre y era el día franco de Elvira. Era la primera vez que me quedaba en casa en meses.

Mi separación me tenía excitada: aceptaba cuanta invitación se me pusiera delante de los ojos y respondía a cuanto galanteo me sobara los oídos. La misma excitación había puesto renovada energía en el trabajo, que de pronto era lo más importante de todo.

Pero hoy había logrado concentrarme un poco y quedarme en casa.

Estaba sentada en mi escritorio haciendo las cuentas de los gastos del mes, cuando sonó el timbre. Era la negra Carlota, amiga mía, de profesión prostituta.

—¿Qué hacés, concheta? —saludó —Hoy a la tarde te llamé a la oficina y no estabas.

—Me fui a festejar el nombramiento.

—Sí, ya me enteré del nombramiento. —Lo cierto fue que cuando iba a bajar del auto esa tarde, abrí la guantera y encontré cuatro gusanos dentro. Salí del auto ahogando una náusea, pero no pude subir a la oficina. Me pasé horas caminando por el centro. —Te felicito: estás hecha toda una trepadora.

—No digas pavadas, qué voy a estar hecha una trepadora.

–Una trepadora –decía la negra mientras se servía una cantidad alarmante de ginebra. Eso significaba que estaba borracha. No podía tolerar la ginebra más que cuando ya estaba borracha. Entonces, no podía tomar otra cosa que ginebra. Era la única forma que uno tenía de darse cuenta de su estado, porque en todo lo demás se mantenía inalterable. –Una trepadora, a mí no me engañás. De pronto me sentí divertida: –Vamos, negra, me parece que estás enojada conmigo. Explicame eso de que soy una trepadora.

–¡A festejar el nombramiento! Dale que te la creíste en serio la del laburo. ¡A festejar el nombramiento! ¡Mirenlá! Ella, la mujer independiente. Si habrás tenido que hacer porquerías para conseguir ese nombramiento...

–Vamos, Carlota, no seas anticuada. No te creerás que me tuve que encamar con mi jefe para conseguir el nombramiento... –yo también me serví una ginebra.

–¡Claro que no! ¡Estoy segura de que no te encamaste con él! ¡No te encamaste con él, de puro trepadora!

–Mirá Carlota –el tono me salió un poco más violento de lo previsto –yo no me meto con tu laburo, vos no te metás con el mío.

–¡No! Ella no quiere que nadie la toque. Ella es una mujer independiente. Mirá, vos no sos más independiente que yo, pero sí sos mucho más trepadora. ¡Y si sos amiga mía, es de puro trepadora!

–Estás loca, Carlota.

–Sí, estoy loca. Pero supongo que debe ser muy prestigioso tener una amiga puta. Como si te oyera, hablando con tus amigos los artistas, "un día de estos te voy a presentar a mi amiga Carlota, de profesión prostituta...". Vamos, que te encantaría ponerme en un estante de tu biblioteca y regarme todos los días. Y hablando de regar, dame más ginebra.

–Carlota...

–Dejame hablar, que ya me largué. Porque te encanta además tenerme cerca. Conmigo te podés calentar sin remilgos. Porque te querés encamar conmigo, ¿no? Pero estás esperando que yo haga la cosa, que yo me ocupe. Total, me corresponde a mí, porque yo soy la puta de las dos, ¿no? ¿Yo soy la puta de las dos? Mirá, ese airecito que te das, cuando llamás a tu secretaria, cuando te hacés traer el auto hasta la puerta, cuando meneás tu tapado de piel, pensando que te lo ganaste honradamente, no como la negra Carlota, que si habrá mirado techos para ganarse su símil leopardo, salí de acá, querés, me tenés podrida...

Y así diciendo se quedó completamente dormida, con las piernas encogidas y el vaso de ginebra vacío todavía en la mano.

Le quité el vaso y los zapatos, la acomodé un poco en el sofá y la tapé con una manta. Me puse a dar vueltas por la habitación. Me sentía pésimamente. Cuando estuve lo bastante borracha como para poder dormir fui hasta mi cuarto y descorrí las sábanas: la cama estaba llena de gusanos. Fui hasta el baño y vomité.

Los gusanos ya no me abandonaron. Tuve que aprender a dormir sobre gusanos, a sacarlos con una cucharita de dentro del *Bloody Mary*, comentar apreciativamente el collar de tres vueltas de gusanos que estrenaba mi secretaria.

Hasta que una noche, dormida, empecé a sentir una sensación terriblemente placentera, placentera, placentera. Estallé de placer todavía

sin entender bien lo que pasaba, levanté la sába-
na y vi que era un gusano que se frotaba contra
mi clítoris.

Y entonces me puse a gritar. Grité con todas mis
fuerzas hasta que me quedé sin voz.

Del exterior no podía recibir más que frío. Descubrí, no sin esfuerzo, que quería que mi mamá
estuviera a mi lado, que me preparara un café
con leche, y que me dijera cómo se hace para sacarse los gusanos de encima. Ese es precisamente
el tipo de cosas que saben las madres.

Pero mi mamá estaba en Nueva York. Y todavía
iba a estarlo por otros cinco meses. Si la llamaba,
por otra parte, le iba a dar lugar para hacerme todas las escenas que antes no le había dejado hacerme. Más otras nuevas por la actual situación,
que llegarían con renovado fervor. Porque serán
sabias, pero también son pesadas.

Pero en ese momento, no estaba en situación de
elegir. El cerco de los gusanos estaba cerrado y sólo
me podía salvar una buena taza de café con leche.
Le escribí una carta.

A los cuatro días exactos de haber enviado la carta,
llegó el primer llamado telefónico de Nueva York.
Que qué me creía, que si no había encontrado
mejor momento para mandar semejante carta
que justo cuando mamá la va a visitar a ella, que
no era que yo no necesitaba de nada ni de nadie,
que a ella nunca le había avergonzado necesitar
de alguien y que si algún dolor ella tenía vivien-
do en Nueva York con su marido y sus hijos era
precisamente no tener a su madre cerca, y que
justo cuando lo lograba a mí no se me ocurría
nada mejor que mandar esa carta. Yo le pedí que

me dejara hablar con mamá, pero dijo que la conversación le saldría muy cara y cortó.

A las dos horas exactas del primero, llegó el segundo llamado de Nueva York.

Que tu madre acaba de tomar el avión hacia allá, que avisale a tu padre que la vaya a buscar, o andá vos si es que tanto la necesitás, que lo único que te puedo decir es que tu hermana se quedó desconsolada y que los chicos lloraron despidiendo a su abuela, pero que en fin, eso qué te puede importar a vos.

Confieso que no me había imaginado una reacción semejante de mi mamá. Más material para la escena del reencuentro.

En eso pensaba –como más tarde se verá, injustamente–, cuando sonó el timbre y me abrí paso entre los gusanos del piso para ir a abrirle la puerta.

–Hola, nena –sonrió tímidamente.

–Hola, mamá pasá –y rápidamente –¿querés un mate?

–Bueno. ¿Y los chicos?

–Se fueron a la plaza con Elvira. Enseguida vienen.

–Les traje unos regalitos de Nueva York.

Pausa.

–¿El trabajo?

–Más o menos bien.

Otra pausa. Se me derrama el mate y me quemo un poquito.

Acá viene: respiro hondo, pongo cara de nada y digo por fin:

–¿Qué tal vos? ¿Qué tal en Nueva York?

–Lindo –dijo tristemente–. La verdad, me aburría un poquito y decidí volver. Y eso fue todo.

Ésas son madres, qué joder.

EL ABORTO

No sé qué hora es. En todo caso da lo mismo. Camino para alguna parte, da lo mismo. Hace mucho frío y no puedo sacar las manos de los bolsillos. Los bolsillos están vacíos, ahora me doy cuenta de que no traje llaves, ni documentos ni nada. Hay un aire pesado y macizo, del color claro de un día sucio, a pesar de que es de noche. Las nubes están acá, rodeando mi cabeza, mojando mi pelo, llenando mi boca. (De vez en cuando, por hacer algo, abro la boca, por ver cómo sale el aire más blanco y más duro.) Por suerte no hay luna. Por suerte no hay sol. Odio el sol. Odio el 21 de setiembre. Odio los chicos haciendo colas para las hamacas en las plazas, y odio a sus jóvenes madres. Odio esos días tan hermosos que parecen una fiesta a la que todo el mundo está invitado menos yo.

Y sin embargo, aparezco en una plaza. Las hamacas cuelgan calladas. El aire acá es un poco más oscuro. Tengo una remota conciencia de que no es prudente andar por la calle sin documentos y sin plata. Sobre todo si es tarde, si la plaza está desierta, si todos los bancos están mojados y si, como si fuera un castigo de Dios, hace tanto frío como hace esta noche.

Me siento en un banco que renuncié a secar, total, y las piernas me laten por todo lo andado.

Me desespero por un cigarrillo, y desesperarme por algo me recuerda que todavía estoy viva. Debería estar reposando, como me dijo la mujer. Bueno, nadie puede decir que no estoy reposando en el banco de esta plaza.

Pasa un hombre y me mira. Tiene ganas de preguntarme si me pasa algo, pero no se atreve. Tengo ganas de pedirle un cigarrillo, pero no me atrevo.

El hombre da vueltas por la plaza juntando coraje para hablarme. Camina hacia mí, pero pasa a mi lado sin detenerse, mirándose los zapatos. Se da vuelta, otra vez camina hacia mí, pero súbitamente cambia de dirección.

Yo sé que no va a poder acercarse. No va a poder porque el horror no lo deja. Tengo el horror baileándome en torno, echa mal olor, siembra clavos en el piso, levanta murallas de alambre de púa.

No se puede pasar: persona desesperada.

Todos afuera, que yo me quedo adentro. Que yo sé de qué se trata.

No lo tengo ahí dando vueltas desde siempre, no. Antes no estaba ahí.

El horror aparece cuando en la oscuridad total uno ve a lo lejos que empieza a brotar gente y luz, y entonces tiene su primer espejismo: cree que la gente acompaña y que la luz abriga. Uno trata de acercarse con los pies lastimados, y es ahí cuando el horror oculta con una mano su primera sonrisa de satisfacción.

Porque el horror tiene mano, y boca y pie.

El horror tiene facilidad de palabra y vende libros. Está bonitamente adornado con las luces del centro y es atractivo para las chicas piolas como yo.

El horror nos da vueltas alrededor, nos hace creer que nada es tan grave, que en realidad somos valientes. Nos hace sentir la reina de la noche.

Porque él difícilmente podría pescarnos de día.

De día todo es limpio y prolijo. Todo es legal y tiene sentido. El baño matinal, con talco y colonia. El trabajo, el jefe, las compañeras. La pollera tableada. De día hay mucho que hacer.

Pero de noche todo es distinto. De noche hace mucho frío. Cuando vuelvo a la casa no encuentro ningún milagro: sigue vacía, envilecida por el silencio.

Cada vez tengo más frío en la casa: ahora duermo con toda la ropa puesta. Y con la estufa encendida. Ya sé, ya sé que es peligroso, todo el mundo lo dice. También yo me lo digo, todas las noches:

–Mirá que es peligroso dejar la estufa encendida, te podés morir durante la noche. Y todas las noches me contesto:

–No me importa, por un poco de calor pago el precio que sea. –¿Cualquier precio? –Cualquiera. Ya no voy a trabajar. Hace días que no huelo a colonia. Hace tanto tiempo que no hablo con nadie que a veces canto para no olvidarme de mi voz. Canto con las persianas cerradas del edificio de enfrente, cuyos balcones están llenos de plantas que a pesar de todo florecen.

Odio los balcones con plantas.

Busco un libro que me haga compañía, pero los libros se los llevó él. Yo se los di todos.

Y entonces salgo a caminar, como para entrar en calor. Tomo café en un bar. Es de noche, tarde. Los ojos agotados de humo se desgarran en estrías rojas, el pecho duele de tanto cigarrillo fumado sin ganas. Miro a la gente del bar, la gente del bar me mira.

Todos estamos desesperados.

Recorro las librerías que siguen abiertas a pesar de la hora. La luz en la librería es despiadada y también hay música. La música interrumpe de a ratos el latido de la mente, pero aún así, todos estamos desesperados.

Miro los libros como objetos estéticos; encuentro una natural relación entre cada libro y el que está al lado. Cada hilera de libros es ahora en sí misma un objeto, que necesariamente debía estar encima de este otro objeto. Toda esta mesa de libros tiene de repente perfecto sentido. Y esta perfección se la da la masa de al lado.

Por vulgar que me parezca la música, no podría ser otra que la que es. Porque ésta es la que es, y ninguna otra. Y así, también la gente de la calle. La gente que se mueve, que camina y habla.

Salvo yo, ninguna mujer sola anda por la calle, me ocupo especialmente de observar eso.

Paso a la parte posterior de la librería y me abro camino por entre el olor a humedad. La humedad atempera la luz y filtra la estridencia de la música. En esta parte están los libros usados.

Me gustan los libros usados. Me gustan todas las cosas usadas porque ya tienen alma. Odio las cosas nuevas.

Encuentro un Werther, viejo pero muy digno. Tiene las tapas encuadernadas de manera que aún ahora se puede adivinar su pasado de lujo. Un editor sensible quiso que la palabra Werther fuera estampada en letras doradas, de las que apenas queda un recuerdo. La tipografía es ligeramente adornada. Busco señales de su dueño anterior: algún párrafo subrayado, algún programa de cine olvidado dentro. Lo que encuentro es rota una de sus hojas ya marrones, rasgada en el borde superior. Estaba leyendo en la tranquilidad de su cuarto, y de pronto, en el momento de volver la hoja, una luz cálida y dorada se instaló a su lado. Un poco asustado, se lleva la mano a los ojos para poder ver el ángel, su mano es torpe y rompe la hoja. O estaba leyendo en la tranquilidad de su cuarto, cuando decide que, al igual que Werther, no puede ya soportar tanto dolor. Sofoca bruscamente un último sollozo con mano desesperada, y la hoja se rompe. El libro debería tener un cartel: "Cuidado, dolor contagioso". No es fácil encontrar dolor contagioso, no. Cada uno parece perfecto en sí mismo. Miro a la gente que mira libros a mi alrededor. Los chicos jóvenes marcan con el pie el ritmo de la música, el vendedor de libros habla con un individuo desplegando mucha energía. A pesar del frío que hace, está en mangas de camisa. Yo siento cierta admiración por la gente que tolera el frío.

Leo los primeros párrafos de Werther y me parece aplastantemente aburrido, pero insisto. Quiero saber por qué se suicidó la gente al leerlo.

–¿Te gusta Goethe?

El amigo del vendedor de libros desapareció. Me doy cuenta de que la pregunta me sorprende menos de lo que esperaba.

–No leí nada de él.

–Es un libro muy bueno –me dice–. Cuando salió, mucha gente se suicidó.

Es joven y huele a dentífrico. Le faltan, simétricamente, todas las últimas muelas, de arriba y de abajo: cuatro en total. Lo observé en su risa frecuente y abierta. Me hace reír. Me cuenta historias extravagantes que ya nada tienen que ver con Goethe. Yo lo escucho y tomo todas las historias que me cuenta como ciertas.

Lo contemplo mientras él habla. No parece un vendedor de libros. Luego me entero de que no lo es.

Llama a un hombre que pasa vendiendo café. Toma uno él y me convida a mí con uno. El café es abominable, pero está caliente.

Me doy cuenta de que nadie compra libros. Los hombres se pasean por entre las mesas con libros y miran las portadas. Alguno que otro levanta un libro de su lugar y lo hojea, nada más. Es como un cine barato y sin pretensiones: la chica tiene el espanto sombreado en la cara. La pura turgencia de sus tetas le hizo reventar el bretel. Huye del oscuro personaje cuyo rostro está tapado por el ala del sombrero, pero en cambio se alcanza a ver el brillo de un arma. En la persecución han dejado al rico comerciante baleado en el corazón, regada con sangre su gorda y enjoyada panza. Todo se complica porque también están los socios del hombre del sombrero caído, que también usan sombrero y cicatrices en la cara. La música que oímos es la de la discoteca del bar donde se produjo el asesinato, y no faltan los tiros: vienen del tiro al blanco que está al otro lado de la librería.

Todos estamos desesperados.

El vendedor me habla y en un momento me

agarra del brazo. En el momento en que me toca, todo el sonido baja un tono.

Me sostiene por el codo y me habla al oído:

–Al tipo no se le paraba –dice–, y se había conseguido una mina bárbara. Y el tipo vino a comprarlos. Las mujeres también lo usan, las tortas. Las tortilleras, ¿entendés? Vos sabés el plato que me hice, porque al tipo lo hice venir aquí. El tipo habrá pensado, ¿en una librería? para mí que me cacharon. Muy solemne me preguntaba. De todo pasa acá, vos no sabés cómo me divierto...

Ya no hace tanto frío. Debe ser muy tarde, y sin embargo hay ahora más gente que antes.

El vendedor apoya una mano sobre el cajón del escritorio y me acerca con la otra.

–¿Ves? Acá están.

Abre el cajón y lo cierra. Yo alcanzo a ver unas cosas de goma rojizas que se mueven como si estuvieran vivas. Y correas.

–Voy a comprar el libro. ¿Cuánto cuesta?

–Te lo voy a dejar barato. Mil pesos. Te cobro porque el otro ñato me está mirando, si no te lo regalaba. –Le doy los mil pesos.

Me toma de un brazo y salimos. Ahora tiene una campera de cuero negra muy gastada. Subimos a un taxi.

En el cuarto del hotel hace frío. Hay una cama de hierro, muy hundida en el centro, y una silla. Él me pide que me deje la enagua puesta. Me imagino que parezco una de las mujeres de la película, con la enagua negra.

Me cuenta la historia de un hombre que no podía excitarse con una mujer si ella no llevaba puesta alguna prenda negra.

–Una vez, a una que no tenía ninguna cosa negra, la abofeteó. "Hijo de puta", le dijo ella, "si no se te para, entonces esta porquería no te sirve para nada". ¿Y sabés lo que hizo? Sacó una navaja y le cortó la pija.

Me cuenta que la pija saltaba por toda la habitación como si estuviera viva.

Me hace el amor furiosamente. Las paredes del cuarto son grises y están manchadas de humedad. Desde el borde superior del marco de la puerta hasta el techo, hay una telaraña del mismo color que las paredes. Sólo se la puede ver de a ratos, cuando su movimiento sutil refleja, a suaves relumbrones, la luz de la lamparita. Está justo encima de la puerta. Debe ser frecuente para que el soplido del aire al abrirse la puerta cada vez no la haya roto. Tal vez es joven. Tal vez el frío no la vulnera.

El placer me empieza a nacer por las rodillas y hormiguea por los muslos. La náusea se me empieza a desparramar de la garganta hacia el vientre. El placer sigue subiendo por los muslos. En algún momento se van a encontrar. Me zumban los oídos. El placer me envuelve las nalgas. La náusea me aprieta el vientre. Se acercan, explotan juntas.

Y yo oigo reír a carcajadas. Mucho tiempo. Me río, me río. Me saltan las lágrimas de la risa. El hombre azorado me mira reír. Sigo riendo, riendo, hasta que quedo agotada, mojada, mojada la cara, mojado todo el cuerpo.

Me quedo agotada, mirando la telaraña que oscila justo encima de la puerta.

UN POCO DE PAZ

Eran las siete y media de la tarde. No, a esa hora iba a ser bien difícil conseguir un taxi. Ana Inés buscaba entre los autos que venían por Callao, y de vez en cuando echaba una ojeada a los que venían por Tucumán. También se mantenía atenta a la gente que por una razón u otra se detenía en esa esquina: cualquiera podría arrebatarle el taxi. Se sentía desvalida esa noche, después de la pelea a golpes que tuvo con Sergio, y la tarea de conseguir un taxi a esa hora se le ocurría parte de una forma de violencia sorda que parecía haberse instalado dentro suyo desde hacía un tiempo.

Un Citröen azul delante de ella no le permitía ver si ese taxi se detenía por el semáforo o porque estaba por desocuparse. Malhumorada, se corrió unos pasos. El Citröen se adelantó, apenas un metro, y quedó nuevamente delante de ella. El taxi tuvo que hacer una maniobra para poder seguir.

Entonces Ana Inés se dio cuenta de que el hombre que manejaba el Citröen azul le estaba hablando. Estaba inclinado sobre el asiento, y mantenía abierta con una mano la ventanilla del auto para que ella pudiera escucharlo.

Con un gesto de fastidio, Ana Inés giró sobre sí y se dedicó exclusivamente a la calle Tucumán. Después de un rato volvió a Callao. Si el taxi viniera por la mano contraria le convenía menos, pero no estaba en situación de elegir: a esa misma hora debería estar justo del otro lado de la ciudad. De pronto giró y casi chocó con un joven retacón y regordete que estaba parado muy junto a ella.

–No sé cómo disculparme por mi grosería –dijo con gesto anhelante.

Ana Inés vio un poco más allá un Citröen azul mal estacionado en la esquina. –Es una grosería dirigirse a una señorita así, desde el auto... Soy muy torpe.

–¿Qué quiere? –preguntó ella retirándose un paso. El hombre llevaba anteojos. Uno de los cristales estaba roto de lado a lado y sujeto precariamente al armazón con una cinta adhesiva.

–Yo solamente quería ofrecerme a llevarla a donde tenga que ir. Parece apurada –tenía muy roja la punta de la nariz, y el cristal roto parecía en realidad un ojo lastimado–. Yo no tengo apuro...

–Puedo llevarla sin ningún compromiso... –las últimas palabras las iba asintiendo con la cabeza a medida que las pronunciaba, como los chicos cuando hacen una pregunta deseando fervientemente que la respuesta sea sí.

Ana Inés pensó un momento y dijo: –Bueno, pero sin compromiso.

Subieron al Citröen y él la miró sonriendo. –¿A dónde tengo el honor de llevarla?

Ana Inés sonrió por primera vez, tal vez por primera vez en todo el día: –Luis María Campos y Federico Lacroze.

El auto se puso en movimiento con un zarandeo y Ana Inés cerró los ojos.

–Me voy a presentar –dijo el hombre una vez afirmado su lugar en la corriente de autos–. Me llamo Alberto Trovato y soy veterinario –extendió una mano hacia ella y mantuvo la otra sobre el volante. Ana Inés le dio la mano y le dijo su nombre.

–El tránsito de Buenos Aires es una cosa de locos; a mí, que soy del campo, me vuelve loco. Yo soy de 9 de Julio. Usted es porteña ¿no? –Ana Inés asintió con la cabeza. –Se nota a la legua –concluyó satisfecho.

–No vamos a llegar antes porque vaya con los puños apretados –dijo el hombre al cabo de un momento. Ana Inés hizo un esfuerzo por relajarse, y pudo abrir las manos sobre su cartera.

A pesar de que se iban alejando del centro, el tránsito seguía igualmente crispado.

–Discúlpeme por mi atrevimiento, yo nunca hago estas cosas –aparentemente, al hombre le gustaba conversar. De pronto se puso serio. –Le voy a hacer una confidencia: usted es la primera mujer que miro en tres años. –Se dio vuelta hacia ella como esperando algún comentario o exclamación que Ana Inés no tuvo fuerzas para concederle. –Hace tres años murió una mujer a la que yo amaba mucho. Murió un mes antes de que nos casáramos. Desde entonces que no miro a una mujer, pero hoy la vi a usted parada ahí, y es igualita. Me dije: tengo que conocerla, tengo que hablarle, pero hice todo mal. Me alegro de que haya aceptado que la lleve...

El hombre se volvió hacia ella, pero Ana Inés

miró afuera por la ventanilla. Estaba fastidiada.
No creía la historia. Por lo menos la del parecido.
Pero aunque hubiera sido cierta, pensó, el escaso
bienestar que había sentido un momento antes,
había desaparecido.

–Discúlpeme. No debí contarle eso. –Y al cabo de
un rato –¿Va a la casa de su novio?

–No tengo novio –contestó Ana Inés más bruscamente de lo que hubiera querido.

–Ah, se peleó.

–No tengo novio. Tengo marido. –Ana Inés se
preguntó si todavía lo tenía. La pelea de ese día
no había hecho más que empeorar las cosas.

–¿A la casa de una amiga, entonces?

Ana Inés movió un poco la cabeza, como si una
mosca la estuviera molestando. Miró al hombre como si recién recordara que estaba ahí, junto a ella.

–Voy a trabajar –dijo–. Doy clases de pintura. En
una academia.

–Ah, es pintora...

–Sí. Pintora.

Ana Inés sacó un cigarrillo y lo encendió.

–Las porteñas todas fuman –reflexionó el hombre–. Le voy a aclarar una cosa: yo soy nacido acá
en Buenos Aires. Pero cuando me recibí me fui al
campo. Y desde que estoy allá, estoy hecho un
tonto en la ciudad. Por ejemplo me pregunto si
podemos tutearnos...

–Sí, claro. Podemos tutearnos.

Cerca de Plaza Italia quedaron atrapados dentro
de un nudo de autos. Los bocinazos parecían sur-
gir de todas partes y las manos de Ana Inés se
volvieron a cerrar.

–...Todo este ruido... En el campo las cosas son
distintas –dijo el hombre–. Eso es lo que te haría
falta a vos. ¿Conocés el campo?

–No... –titubeó Ana Inés–. En realidad no.

–Eso es lo que te haría falta a vos. Un poco de paz.

–Sí... Un poco de paz.

–¿Por qué no te venís conmigo al campo? Te lo digo en serio –Ana Inés se reía–. No te rías, te lo digo en serio. Yo necesito una mujer, y a vos te haría bien estar en el campo.

Ana Inés se reía, pero no tanto como para no escucharlo.

–Mirate un poco la cara –continuó el hombre con voz cansina –seguro que todavía no tenés 30 años, y ya tenés marcada una vida mucho más larga que eso. Para la ciudad está bien –agregó enseguida –acá se usan las chicas chupadas y nerviosas... Pero si te viera mi mamá, te haría meter en cama inmediatamente. Esta chica está enferma, diría de sólo verte las ojeras. Hay que cuidarla... Me parece que tu marido no te cuida bien.

Ana Inés ya no se reía. Iba a decirle que no se metiera con su marido pero se contuvo. Pensó en las bofetadas que le dio Sergio ese día, y se odió por recordarlas en ese momento.

–Mi mamá vive conmigo en la casa, allá en 9 de Julio, donde te quiero llevar. Ella y yo te vamos a cuidar. Dejame que te lleve al campo. Antes que nada te haría descansar unos días, te traería leche de cabra recién ordeñada para el desayuno y pan casero que hace mamá. Te haría desaparecer tanta oscuridad que hay en tu cara... ¿Sabés cómo se saca? A puro ver crecer el trigo. A puro golpe de rocío en la madrugada. Hay tanta luz en el campo que hasta de noche a uno le brilla la cara.

–¿Tenés hijos? –preguntó con el mismo tono de voz. Ana Inés sacudió la cabeza en silencio, algo se anudó en su garganta–. También te haría hijos.

–Mirá –continuó –yo salgo a la madrugada con esta batata –dio un golpecito con el puño al volante –a ayudar a parir a una vaca, y cuando sale el sol me pongo a cantar de puro contento. –Ana Inés se hundió en el asiento y apoyó la cabeza contra el respaldo. Tengo que concentrarme, pensó. Lo que me está proponiendo este tipo es un disparate.

–Te parecerá cursi lo que te digo, yo soy un hombre sencillo, gente de campo. Pero necesito una mujer y quiero llevarte conmigo. ¿Qué decís?

Ya era noche cerrada, y el tránsito seguía tan violento como siempre. El aullido de una sirena empezó a devorarlos por atrás y Ana Inés se sobresaltó. El hombre arrimó el auto al cordón y apagó el motor. La ambulancia se abrió camino por entre los autos y por unos instantes todo lo que se oyó fue el agudo grito de su paso.

El hombre se acomodó de manera de mirarla de frente: –¿Qué decís?

Ana Inés sintió una vaga aprensión cuando el hombre detuvo el auto, y se esmeró al elegir las palabras.

–No sé –dijo–. No sé si es una buena idea. Yo no sería una buena esposa para vos... Y además estas cosas hay que pensarlas muy bien –y en seguida agregó–. Te pido que me lleves, estoy muy apurada.

El hombre todavía la miró un momento, y lentamente se inclinó para poner el coche en marcha otra vez.

–Las chicas porteñas siempre quieren pensarlo todo muy bien –dijo–. Por eso andan siempre de mal humor.

El auto arrancó y se deslizó dentro de lo que a través de sus ojos nublados, Ana Inés veía ahora como una corriente de luces rojas que ondeaba delante de ellos. De pronto en la oscuridad explotaba una luz amarilla, otra verde. Las luces y las bocinas marcaban el ritmo arbitrario de su pensamiento. Porque tenía los ojos húmedos y el corazón enloquecido. Lo miró nuevamente. Parecía un empleado público. Tenía las piernas cortas y las mejillas lisas como las de un bebé debajo de sus anteojos partidos. Como si ella lo hubiera mirado en voz alta, él la miró a su vez y le sonrió. Ana Inés bajó la cabeza.

–Yo no te haría feliz –dijo débilmente.

Sin decir palabra, el hombre arrimó el auto otra vez al cordón. Otra vez apoyó la espalda contra la ventanilla y también la cabeza. Recién entonces habló: –¿Qué querés decir con eso?

Ana Inés pensó en la hora que ya sería. No faltaba mucho para llegar.

–No sé –empezó a decir –no sé...

De pronto se dio cuenta de que tenía miedo.

–Explicame. Por qué no serías una buena esposa para mí.

–No estoy enamorada de vos –dijo en voz baja, mirándose las manos.

–Pero yo estoy enamorado de vos. Y eso basta. Dejame que te diga esto: la mujer que te dije que murió, bueno. Yo la maté. Sí, sí –Ana Inés no había modificado su expresión –yo la maté. Y la maté para salvarme yo. –Ahora hablaba con voz fuerte y monótona, como recitando un verso aburrido–. Fue en un auto. Manejaba yo. Íbamos a chocar y yo giré el volante para mi lado, para salvarme yo. El camión destrozó el auto del lado de ella. La destrozó a ella. Lo hice sin pensar. No tuve tiempo de pensar y lo que hice fue salvarme yo. Desde entonces no miro a una mujer. Hasta que te vi a vos –sonrió–. Y te quiero llevar conmigo.

–Por favor, vamos. Es muy tarde –dijo Ana Inés. Apenas se la oía.

El hombre volvió a arrancar, pero permaneció en el carril de la derecha, avanzando pesadamente, deteniéndose detrás de cada colectivo.

–No tenés que decidir ahora lo que vas a hacer si no querés. Pero en cambio te voy a pedir algo y a eso sí que no te podés negar. –Giró la cabeza y se quedó mirándola. El colectivo de adelante arrancó y de atrás lo apremiaron con bocinas. Él no parecía dispuesto a moverse hasta que ella no le contestara.

–¿Qué cosa? –preguntó por fin Ana Inés.

El hombre arrancó.

–Hacernos amigos. Conocernos. Encontrarnos aunque sea una vez por semana a charlar. A eso no te podés negar.

–Es demasiada responsabilidad para mí –Ana Inés hablaba despacio, como si al menor descuido de ella el auto fuera a detenerse otra vez.

–Yo no soy ella. No soy la misma persona.

–Ya lo sé, querida. No estoy loco. Simplemente quiero que seamos amigos. ¿A qué hora terminás de dar clase? Te espero y vamos a tomar un café.

Ana Inés pensó a toda velocidad.

–Me va a esperar mi marido –dijo en un tono mucho menos convincente de que lo que hubiera querido.

–No querés. No querés encontrarte conmigo. No querés ni siquiera encontrarte conmigo a tomar un café... –Bruscamente giró en la primera esquina y por una calle transversal tomó la avenida del Libertador en sentido contrario al que venían y apretó el acelerador a fondo.

Ana Inés se quedó sin respirar. El miedo la llenó a borbotones y la empujó hacia la punta más alejada del asiento. El hombre iba a toda la velocidad que el auto le permitía por la desbocada avenida.

–¿A dónde vas? ¿Qué hacés? –Ana Inés miraba a los otros autos, buscando la manera de pedir ayuda.

–Ahora vas a venir a tomar un café conmigo y nos vamos a conocer. Vas a ver cómo nos vamos a conocer. –El hombre hablaba con voz ahogada y ya no la miraba–. Y después te vas a venir conmigo para que yo te cuide. Vas a venir a donde yo te diga. Y vas a hacer todo lo que yo te diga. Y vamos a ver si no sos una buena esposa para mí. Vamos a ver.

Ana Inés consideró por un momento la posibilidad de tirarse del auto. A lo lejos, una luz verde se hizo amarilla. El hombre aceleró y giró el volante: pensaba escabullirle al semáforo por una transversal y casi se estrella contra un colectivo que atinó a ponerse delante. La luz amarilla se hizo roja.

El chirrido de la frenada no se había apagado del todo, cuando Ana Inés abrió la puerta y saltó del asiento por el estrecho espacio que el colectivo había dejado. Corrió hasta la vereda y se quedó ahí jadeando, la cartera apretada contra su pecho. Después de un momento interminable, la luz roja se hizo verde, y el tránsito avanzó arrastrando dentro al Citröen.

Ana Inés empezó a respirar más pausadamente. Se recostó contra la pared de un edificio y al cabo de un tiempo miró la hora. Ya ni valía la pena intentar llegar a la clase.

Caminó despacio hasta la parada del colectivo que la llevaba a casa. Daría parte de enferma.

UN BALLET DE BAILARINAS

1.

Vení conmigo, me dijo Irene, vamos a la casa de unos amigos.

Así me dejé llevar de la relativamente confiable mano de Irene dentro de un taxi.

En el centro rompía el hervor del sábado a la noche. Dentro del taxi Irene siguió con el cuento de Alejo en voz perfectamente alta, mientras el taxista trataba de escuchar un partido de fútbol.

El cuento era del tipo clásico en Irene: que el romance con Alejo era cómo te puedo decir práctico, diríamos higiénico, y que el hecho de que él estuviera casado y tres hijos, si bien era molesto, no era más que molesto y que en general estaba todo bajo control.

–El martes tal vez consiga arrastrarlo a la inauguración de Martha Peluffo, así lo conocés. Quiero que me digas objetivamente qué te parece. Porque yo de a ratos lo miro al lado mío y me digo, y este tipo ¿quién es?... No sé si serán ideas mías, pobre, porque de a ratos es irreprochable... Qué falta de hombres corazón –suspiró–. Si seguimos así vamos a tener que volvernos lesbianas del todo. Pero qué barbaridad esa radio (alguien había hecho un gol Señor... (la uñita de Irene, desaprensivamente pintada de rojo, tocó timbre en el hombro del taxista) Señor...

–¿Eh? –ladró el hombre girando la cabeza, ocasión que no dejó de aprovechar para mirar las rodillas de Irene.

–Sea bueno –le lamió al oído–, apague esa radio. Detesto los ruidos.

2.

Subimos por un ascensor transparente a un último piso. Tocamos un timbre que sonó a campanas y casi en seguida una mucama nos hizo entrar.

Me senté en un sillón de seda blanca y aprecié la decoración: todo lo que no fuera planta en ese lugar era blanco o negro. No me hubiera sorprendido nada que de pronto comenzara a sonar música y un ballet de bailarinas con gasas brotara de detrás de cortinados, puertas y techos sumergidos.

–¿Arquitecto el dueño de casa? pregunté a Irene en voz baja. Las alfombras eran peludas y blancas. Había una colección de frascos exóticos y un Vasarely sobre la chimenea colgante de hierro negro.

–Arquitectos –me corrigió Irene, que tenía la virtud de armonizar absolutamente en ese lugar donde todo se podía ir al diablo si la mucama llegaba a ser pelirroja.

Por detrás de un enorme perro de porcelana, naturalmente blanca, apareció de pronto el Bello Arquitecto vestido adivinen de qué color.

Se acercó con maravillosa sonrisa y mirada penetrante, de esas que sólo los hombres bellos tienen, de ésas que entran por los ojos de una mujer, recogen su propia imagen y se vuelven a casa.

Porque en verdad era bello el Arquitecto. Y si a mí eso no me emocionara lo suficiente (que en todo caso habría que discutirlo), pues lo emocionaba lo suficiente a él.

Poco después entró la Elegante Arquitecta... Era esa clase de mujer que siempre se viste de beige. Era esa clase de mujer que siempre luce impecable, no importa cuánto tiempo lleve trabajando y cuántos disgustos haya recibido en las últimas horas. En cuanto la vi, supe de ella que comía a mordiscos muy pequeños y espaciados, y que reprimía sus estornudos.

En seguida convidados con bocaditos y bebidas (ahí pude comprobar la primera de mis hipótesis: un canapé de dos centímetros de diámetro lo comía en dos veces).

Todos éramos absolutamente encantadores. La conversación se desgranaba con la elegancia previsible en personas de tan espigado nivel como nosotros. El humor era sutil y envolvente, para regocijo de las gentes que sienten regocijo con el humor sutil y envolvente. Como yo, por ejemplo. El timbre sonó a campanas otra vez y poco después entraron nuevos invitados: la Enérgica Publicitaria y el Inteligente Psicoanalista. Los recién llegados se deslizaron en la conversación como si lo hicieran dentro de una cama con sábanas de seda.

La Enérgica Publicitaria esparció su perfume y

desplegó todas sus alas: se sentó en las rodillas del Bello Arquitecto, no olvidó hacer un periódico arrumaco a su joven marido, y también me honró con un abierto festejo.

El Inteligente Psicoanalista, en cambio, gastaba barba y un estilo mucho más lacónico. Si de vez en cuando hacía algún comentario, éste era expresado con cierta cortedad y en todos los casos era una explicación de algo.

Creo que no va a ser necesario reproducir aquí la conversación. Tan sólo voy a enhebrar una breve síntesis de los temas tocados:

1. El flamante embarazo de la Arquitecta.
2. Los hijos en general.
3. El Psicoanálisis de los hijos.
4. El Psicoanálisis en general.
5. Los laboratorios de sensibilidad.
6. Las camas redondas en general.

Tengo que aclarar que en ningún momento se tomó una expresión tan vulgar como la que uso en el punto 6. Se usaron otras que por mi escasa cultura yo ignoraba y que mi precaria memoria me impide reproducir. Por otra parte, creo que eran en inglés. Pero de algo estoy segura, era de camas redondas que se hablaba.

Corría el alcohol y la reunión se diversificaba. Irene charlaba tendida sobre la alfombra con el Inteligente Psicoanalista y la Elegante Arquitecta. Yo, me avergüenza decirlo, me dediqué a desconcertar a la Enérgica Publicitaria, respondiendo a sus halagos ya con gesto infantil, ya con miradas francamente ardientes.

El Bello Arquitecto ponía discos importados, servía bebidas, colocaba un comentario agudo aquí y allá.

Discurríamos. Irene, ya borracha, concluyó así

una estimulante conversación con el Inteligente Psicoanalista: –Qué querés que te diga: a mí no me gusta chuparle la pija a los tipos.

Esta frase, que retumbó en el centro de un repentino silencio que casualmente se había descolgado sobre nosotros en ese momento, hizo que todos supiéramos que era hora de irnos a casa a dormir. El Bello Arquitecto se ofreció a llevarnos y las chicas aceptamos encantadas.

3.

–No hablás mucho ¿no? –se dirigió abiertamente hacia mí por primera vez sólo después de que Irene bajó del auto.

–No, en general no mucho –contesté. Y nos quedamos en silencio.

–¿Por qué? –preguntó al cabo de un momento.

Yo no contesté en seguida.

–Esa es una pregunta sorprendente.

–Y esa no es ninguna respuesta.

–Nunca pretendí que lo fuera.

–¿Por qué te negás a contestarme?

–¿Por qué estamos peleando?

–¡No estamos peleando!

–¿No?

Otra vez nos quedamos en silencio. El Arquitecto detuvo el auto junto al cordón de una calle cualquiera y apagó el motor del auto.

–No me gusta pelear, dijo. Detesto la violencia.

–¿Por qué?

–*Esa* es una pregunta sorprendente.
–Yo la encuentro interesante.
–¿Vos no estás contra la violencia?
–No.
–¿No?
–No. Cómo voy a estar en contra de la violencia.
Sería como estar en contra de mi nariz.
–Eso es una intelectualada.
–O bien, lo que no entiendo no existe.
–¿Cómo?
–Nada.
–¿Estamos peleando?
–Ya no.
Otra vez nos quedamos en silencio.
–Por cierto que no hablás mucho.
No contesté.
–Sé que no te gusto pero por lo menos te irrito.
Es algo.
Sonreí.
–¿Voy bien? –preguntó.
–Vas bien.
–¿Por qué te irrito?
–Porque sos muy obvio.
–¿Qué quiere decir que soy muy obvio? Si apenas
me conocés.
–Tu casa es muy obvia también.
–¿Mi casa? ¿No te gustó?
–Me gustó mucho, como la casa de todos los ar-
quitectos que conozco.
–Entiendo. Y tu casa, ¿cómo es?
–Mi casa es como yo.
–Quiero verla.
–Bueno.
Puso el coche en marcha y seguimos hasta casa.
Subimos en silencio, evitando mirarnos. Una vez
arriba abrí la puerta, encendí la luz y nunca me

pareció más linda mi casa.

Desde la puerta echó una mirada y como único comentario, dijo:

–¿Puedo venir mañana?

–Claro, contesté.

–Vengo a las diez. –Dio media vuelta y se fue.

4.

A la diez en punto de la noche del domingo, sonó el portero eléctrico.

El Bello Arquitecto entró en la casa impecablemente vestido, peinado, afeitado, lustrado y perfumado. Hubiera sido un verdadero gusto verlo de no ser por su sonrisa que más me hacía sentir un cliente que una anfitriona.

Aceptó el whisky que le ofrecí y se sentó en el sofá. Tengo que reconocerle el mérito de haber sido la primera persona que logró estar incómoda en ese sofá.

Se trata de un enorme sofá de terciopelo marrón, de esos que cuando uno se sienta ahí, no quiere levantarse por lo menos en seis años. Es un sofá que tiene la temperatura exacta de los brazos de una madre. La feliz conjunción del respaldo con el apoyabrazos forma el hueco justo del hombro de un amigo cuando la desesperación tiende a disgregarnos en el espacio. Sus proporciones son las de un amante generoso, y su olor vago lo envuelve a uno como los recuerdos de la infancia. Echarse en ese sofá puede dar el mismo vértigo que da echarse al mar. Y el Bello Arquitecto se había sentado en él como sobre una piedra puntiaguda.

–¿Por qué no te ponés cómodo? –intenté.

–Pero si estoy muy cómodo.

Puse música, le ofrecí comida, más whisky. Me sentía como una madre a la cual su hijo hubiera ido a visitarla a disgusto.

Finalmente lo dejé tranquilo.

De pronto preguntó:

–¿Hace mucho que la conocés a Irene?

Como se podrán imaginar, no contesté en seguida: esta pregunta no sólo venía perfectamente al caso sino que prometía iniciar una interesantísima conversación.

–¿Verdaderamente tenés ganas de saber cuánto hace que la conozco a Irene?

–Ya entiendo –comentó–. Una mujer difícil.

–Ajá.

Echó una mirada alrededor. El vaso de whisky estaba clavado en su mano.

–Lindo perchero.

–Sí. Muy lindo –dije.

¿En qué momento se empieza a hacer el amor? ¿Alguien sabe?

Estoy segura de que mucho antes de hacer el amor. Se empieza de repente mientras uno está hablando de cualquier otra cosa, o hablando de temas procaces, o no hablando, pero pensando con la suficiente intensidad, comiendo, o mirándose, o escuchando música; sacando una pelusita del saco del otro, descubriéndose juntos frente a un espejo, por ejemplo, el espejo de un ascensor; hablando cada uno de sí, no sé, pero bastante antes de sacarse la ropa.

El Arquitecto, cuan bello era, no hacía el amor. Por lo menos no conmigo. Se mostraba muy interesado por el perchero, por los objetos de la casa en general, y también, cómo no, por la antena que está colocada encima del televisor.

Yo seguía fastidiándolo con toda clase de ofertas (más whisky, marihuana, torta) cuando de pronto sucedió: de pronto me encontré con una boca encima de mi boca.

Una rápida síntesis me llevó a la conclusión de que esa boca no podía pertenecer a nadie más que al Bello Arquitecto, y entonces me eché a temblar. Me eché a temblar, digo, porque conozco bien el modelo: 1) beso en la boca; 2) tocada de teta (una sola) y 3) sacada de ropa. El que cambia algo, pierde.

Pensé rápido: ¿qué hago? –aún en pleno ejercicio de 1 y pronto a comenzar el 2 –¿qué hago? ¿paro la cosa acá?

De repente y de sólo pensar en el tipo de conversación que sobrevendría de parar la cosa ahí, caí presa de un ataque de aburrimiento.

Decidí que lo más práctico era seguir adelante: todo lo que había que hacer era quedarse quieta y esperar: no podría tomar más de cinco minutos. Después se iría y todos contentos.

Y además, seamos francos, todavía quedaba una remota esperanza de que el Bello Arquitecto me sorprendiera a último momento con alguna alegría.

Pero no. Fueron los siguientes los cinco minutos más aburridos del día.

Después del, por llamarlo de alguna manera, austero ejercicio, el Bello Arquitecto se levantó y se retiró en silencio al baño. Yo aproveché para dar vuelta el disco y tomar un poco de coca cola.

Al rato volvió y empezó a ponerse la ropa con gesto distraído.

Ya vestido del todo se acercó al televisor y probó accionar la antena.

Dijo: –Con esta antena acá, vos no necesitás antena afuera, ¿no?

Pensé un instante. La pregunta requería concentración.

No –contesté por fin–. Con esta antena acá, no necesito ninguna antena afuera.

LISA

A Luis Felipe Noé

El rincón se reconoce en seguida por las plantas. Desde que Lisa pasó a esta sección y ocupó este escritorio, el rincón floreció.

Miller no ve el asunto con buenos ojos, pero no pudo encontrar una aceptable razón para quejarse. Lisa saludó a toda la redacción desde la puerta sin disimular para nada que había llegado un par de horas tarde. Se llegó al rincón quitándose el abrigo por el camino y se puso a estudiar el estado de las plantas.

Luego conversó con ellas.

Estas conversaciones –breves y confidenciales– que Lisa mantenía con cada una de sus plantas, eran lo que principalmente sacaba a Miller de sus casillas.

–¿Alguna novedad? –me preguntó luego Lisa, acomodando la caída de un *pothos* sobre el diccionario de sinónimos.

–Miller no llegó, no hay cables urgentes, tu nota de maestros hay que acortarla seis líneas.

–Maravilloso–, comentó con tono indiferente.

Tomó unas hojas escritas que estaban sujetas al carro de su máquina, y las colocó sobre el escritorio. Ostentosamente se tapó los ojos con una mano mientras hacía aterrizar el dedo índice de la otra en una parte cualquiera de la hoja.

–Bien, tú y las cinco que te siguen acaban de quedar cesantes.

Y sin más trámite las tachó. –Esta nota es una verdadera porquería –me explica –desde el comienzo hasta el final. De manera que cualesquiera sean las seis líneas que le quitemos, será un acto de caridad para el lector. ¿Tomamos café, buena mujer?

–No veo cómo –empecé a decir, pero Lisa ya había visto al cafetero, y con su natural talento, ya había logrado desviarlo de su destino –la Dirección –y atraerlo al rincón.

Lisa siempre me sorprende con proezas de esta clase.

–¿Mucho trabajo? –preguntó cuando vio que yo seguía escribiendo con el café ya servido.

–Ya terminé –dije sacando la hoja de un tirón. Tomé mi café y me estiré en la silla. –¿Cómo fue tu fin de semana de soltera?

–Te sorprenderías si te lo contara –me contestó.

–No me cabe ninguna duda.

–Te voy a contar.

Y me contó. Me contó que Pablo se había ido con todo el equipo a la nochecita del viernes, tal como estaba previsto. Que ella le pidió que se cuidara y que no se atreviera a estar fuera más de dos días, que era el tiempo que iba a tomar la filmación en el norte. Que en cuanto Pablo se fue, decidió reparar esa enorme pérdida con una buena comida, y que, con ese propósito se fue a hacer compras al mercado.

Que cuando volvía del mercado con la bolsa a cuestas, un señor de aspecto distinguido, que venía caminando en sentido contrario al que iba ella, le dijo: "¿Vamos? Tengo buena guita" Ella lo miró de arriba abajo. Abajo vio que tenía los zapatos bien lustrados, lo que consideró una buena señal, y le contestó sonriendo "Vamos". Que él se ofreció a llevarle –y ella aceptó con mucho gusto– la bolsa del mercado. Y que así, y conversando apenas, llegaron a la casa. Que ella abrió la puerta y encendió las luces. Que lo guió a él hasta la cocina para que dejara las cosas, y que le propuso que se pusiera cómodo. Que mientras ella ponía un disco y se preguntaba cómo se harían estas cosas en un plano profesional, el hombre, que decididamente tenía un aspecto distinguido, le había ahorrado toda iniciativa, haciéndose cargo él de todo.

Que no había sido nada desagradable, por otra parte, salvo por el detalle que además de tener los zapatos muy lustrados, tenía pintadas las uñas de los pies.

–¿De qué color? –interrumpí.

–Rosa muy muy pálido.

Se quedó pensativa un momento y luego continuó contándome que tomaron bebidas, varias copas, que hicieron el amor nuevamente, que ella se quedó dormida y que cuando despertó a la mañana siguiente, encontró sobre su mesa de luz un flamante billete de grandes dimensiones y que también encontró que el teléfono estaba sonando vaya a saber desde hacía cuánto, porque como ella ya tantas veces me había comentado, tiene el sueño inconmovible.

Que atendió el teléfono y cuál no fue su sorpresa cuando comprendió que el que llamaba era un amigo de su visitante de la noche anterior, quien le había muy especialmente recomendado por su talento y otras virtudes y que pedía una cita para un encuentro, lo antes que a ella le fuera posible. Que ella le contestó que si era por ella, le era posible en ese mismo momento, ya que todo su programa para ese día que era sábado, era por ahora lavarse los dientes y eventualmente darse una ducha. Que poco menos de media hora después –no serían más de las diez de la mañana– abrió la puerta a un señor sorprendentemente calvo si se consideraba lo joven que era.

Que éste era muy romántico, y que cuando uno se acostumbra a su calvicie, el hombre no resultaba del todo feo.

–¿Qué quiere decir que era muy romántico?– volví a interrumpir.

–Me hizo la corte como un poeta la habría hecho a una joven tísica. Yo no pude menos que responder con toda clase de rubores y música de Albéniz.

También me contó que sus promotores fueron rápidos y eficientes, y que pronto tuvo citas para el resto del sábado y buena parte del domingo. Que recibió varios y curiosos visitantes: un hombre albino, un señor impotente pero muy imaginativo, un jockey a quien ella podía levantar en brazos y acunar, un joven insolente de pésimas costumbres, y un hombre muy mayor que sólo se estuvo allí conversando con ella pero que de todas maneras le pagó.

Que al mediodía del domingo comenzó a declinar invitaciones, siempre usando como pretextos toda clase de buenas noticias: que ella y su último cliente se habían enamorado y habían resuelto casarse, que había recibido una herencia, que se iba a meter a monja, que se iba al norte a trabajar de maestra, que le habían hecho una muy interesante propuesta para trabajar de modelo.

Que aunque en un momento pareció imposible, al atardecer del domingo empezaron a ralear los llamados, hasta que el último, tal vez minada su seguridad por rumores previos, titubeó antes de preguntar por ella, y colgó apresurándose a explicar que había marcado un número equivocado.

Y que hoy a la mañana cuando despertó, enfocó la cara sonriente de Pablo, detrás de una enorme maceta con una variedad de *calidum* que, por si me interesaba saberlo, es una maravilla que en esta época del año sólo se encuentra en el norte. Los restos del café habían cristalizado en el fondo de las tacitas. Miller hacía rato que andaba dando vueltas por la redacción, poniendo mala cara cada vez que nos reíamos.

Como mi situación en la Editorial es delicada, puse una hoja en la máquina como si estuviera a punto de escribir algo.

–Tuvo sus momentos difíciles –Lisa me imitó y también puso una hoja en su máquina –pero en general fue mejor que ir al cine.

–¿Y qué sacaste en conclusión de la experiencia?– le pregunté.

–Mucho dinero.

ÍNDICE

www.ingramcontent.com/pod-product-compliance
Lightning Source LLC
Chambersburg PA
CBHW030345030726
47499CB00003B/915